KB103321

평생 소장 동화

(소파)방정환 창작 동화집

추가 발굴 작품 수록

[필독서] 현대문학 동화

(소파) 방정환 창작 동화집 (추가 발굴 작품 수록)

발　행 | 2018년 03월 21일
저　자 | (소파) 방정환
펴낸이 | 한건희
펴낸곳 | 주식회사 부크크
출판사등록 | 2014.07.15.(제2014-16호)
주　소 | 경기도 부천시 원미구 춘의동 202 춘의테크노파크2단지 202동 1306호
전　화 | 1670-8316
이메일 | info@bookk.co.kr

ISBN | 979-11-272-3587-1

www.bookk.co.kr
ⓒ 방정환 2018
본 책은 저작자의 지적 재산으로서 무단 전재와 복제를 금합니다.

평생 소장 동화

(소파) 방정환 창작 동화집

추가 발굴 직품 수록

[필독서] 현대문학 동화

방정환 지음

목차

머리말

방정환

方定煥 (1899-1931) 아동문학가, 호는 소파(小波).

(1899-1931) 서울 출생. 호는 소파(小波). 보성전문을 거쳐 일본 도요대학 철학과에서 아동문학과 아동심리학을 공부했다. '어린이'란 말을 처음 쓰기 시작했던 그가 아동문학 활동을 한 기간은 약 10년간으로서 계몽운동과 아동문학운동에 앞장섰다.

1918년 보성전문학교에 입학하여 〈신청년〉〈녹성〉〈신여자〉 등의 잡지 편집을 맡아보았고, 3·1 운동 때에는 〈독립신문〉을 등사하여 돌리던 중 체포되었다가 풀려나왔다.

어린이문제를 연구하는 단체인 '색동회'를 조직했다.1957년 그를 기리기 위해 '소파상(小波常)'이 제정되었으며, 1978년 금관문화훈장, 1980년 건국포장이 수여되었다.

** 일러두기*

〈방정환 작가의 원작 그대로 토속어(사투리, 비속어)를 담았으며 오탈자와 띄어쓰기만을 반영하였습니다. (작품 원문의 문장이 손실 또는 탈락 된 것은 'X', 'O'로 표기하였습니다.)

방정환 - 창작 - 동화 -

호랑이 형님

옛날 호랑이 담배 먹을 적 일입니다.

지혜 많은 나무꾼 한 사람이 깊은 산 속에 나무를 하러 갔다가, 길도 없는 나무 숲속에서 크디큰 호랑이를 만났습니다.

며칠이나 주린 듯싶은 무서운 호랑이가 기다리고 있었던 듯이, 그 큰 입을 벌리고 오는 것과 딱 맞닥뜨렸습니다. 소리를 질러도 소용이 있겠습니까, 달아난다 한들 뛸 수가 있겠습니까. 꼼짝 달싹을 못 하고, 고스란히 잡혀 먹히게 되었습니다.

악 소리도 못 지르고, 그냥 기절해 쓰러질 판인데, 이 나무꾼이 원래 지혜가 많고 능청스런 사람이라, 얼른 지게를 진 채 엎드려 절[拜禮]을 한 번 공손히 하고,

"에구, 형님! 인제야 만나 뵙습니다그려."

하고, 손이라도 쥘 듯이 가깝게 다가갔습니다. 호랑이도 형님이란 소리에어이가 없었는지,

"이놈아, 사람 놈이 나를 보고 형님이라니, 형님은 무슨 형님이냐?" 합니다.

나무꾼은 시치미를 딱 떼고 능청스럽게,

"우리 어머니께서 늘 말씀하시기를, 너의 형이 어렸을 때 산에 갔

다가 길을 잃어 이내 돌아오지 못하고 말았는데, 죽은 셈치고 있었더니, 그 후로 가끔가끔 꿈을 꿀 때마다 그 형이 호랑이가 되어서 돌아오지 못한다고 울고 있는 것을 본즉, 분명히 너의 형이 산 속에서 호랑이가 되어 돌아오지 못하는 모양이니, 네가 산에서 호랑이를 만나거든 형님이라 부르고 자세한 이야기를 하라고 하시었는데, 이제 당신을 뵈오니 꼭 우리 형님 같아서 그럽니다. 그래, 그동안 이 산 속에서 얼마나 고생을 하셨습니까?"

하고 눈물까지 글썽글썽해 보였습니다.

그러니까, 호랑이도 가만히 생각하니, 자기가 누구의 아들인지 그것도 모르겠거니와, 낳기도 어디서 낳았는지 어릴 때 일도 도무지 모르겠으므로, 그 사람 말같이 자기가 나무꾼의 형이었을지도 모른다는 생각이 들었습니다. 그렇게 생각하기 시작하자 어머니를 그렇게 오래 뵙지 못하고 혼자 산속에서 쓸쓸히 지내온 일이 슬프게 생각되어서,

"아이고, 얘야, 그래 어머니께선 지금도 안녕히 계시냐?"

하고 눈물을 흘렸습니다.

"예, 안녕하시기야 하지만, 날마다 형님 생각을 하고 울고만 계십니다. 오늘 이렇게 만났으니, 어서 집으로 가서 어머님을 뵙시다."

하고, 나무꾼이 조르니까,

"얘야, 내 마음은 지금 단숨에라도 뛰어가서 어머님을 뵙고, 그동안 불효한 죄를 빌고 싶다만, 내가 이렇게 호랑이 탈을 쓰고서야 어떻게 갈 수가 있겠느냐……. 내가 가서 뵙지는 못하나마, 한 달에 두 번씩 돼지나 한 마리씩 갖다 줄 터이니, 네가 내 대신 어머

님 봉양이나 잘 해 드려라." 하였습니다.

그래서 나무꾼은 죽을 것을 면해 가지고 돌아와 있었더니 호랑이는 정말로 한 달에 두 번씩, 꼭 초하루와 보름날 밤에 뒤꼍 울타리 안에 돼지를 한 마리씩 놓고 가는 것이었습니다. 나무꾼은 그것이 밤사이에 호랑이가 어머님 봉양하느라고 잡아다 두고 가는 것인 줄을 알았습니다.

그 해 여름이 지나고 또 가을이 지나고 또 겨울이 지날 때까지, 꼭 한 달에 두 번씩 으레 돼지를 잡아다 두고 가더니, 그 후 정말 어머니가 돌아가셨는데, 그 후로는 영영 초하루와 보름이 되어도 돼지도 갖다 놓지 않고, 만날 수도 없고, 아무 소식도 없어져 버렸습니다.

그래 웬일인가 하고 궁금하게 지내다가, 하루는 산에 갔다가 조그만 호랑이 세 마리를 만났는데, 겁도 안 내고 가만히 보니까, 그 꼬랑지에 베 [布]헝겊을 매달고 있었습니다. 하도 이상해서 그것이 무엇이냐고 물어 보니까.

그 작은 호랑이는 아주 친하게,

"그런 게 아니라오. 우리 할머니는 호랑이가 아니고 사람인데, 그 할머니가 살아 계실 때는 우리 아버지가 한 달에 두 번씩 돼지를 잡아다 드리고 왔는데, 그 할머니가 돌아가셨다는 말을 듣고, 그날부터 우리 아버지는 굴밖에 나가지도 않고, 먹을 것을 잡아오지도 않고, 굴속에만 꼭 들어앉아서 음식도 안 먹고, '어머니, 어머니' 하고 부르면서 울고만 계시다가 그만 병이 나서 돌아가셨답니다. 그래 우리들이 흰 댕기를 드렸답니다."하였습니다.

아무리 한때의 거짓 꾀로 호랑이를 보고 형님이라고 하였던 일이라도, 그 말 한 마디로 말미암아 호랑이가 그다지도 의리를 지키고, 효성을 다한 일에 감복하여, 나무꾼도 눈물을 흘렸습니다.

설떡 술떡

설 명절 잔치에 떡 잔치는 어린이의 것, 술잔치는 어른의 것인데, 나는 어제 그 두 잔치를 얼러 합쳐서, 단단히 재미있는 이야기를 하나 하지요.

옛날 어수룩하기로 유명하고, 돈 없기로 유명한 철욱이라는 사람이 있었습니다. 어수룩하고, 마음 좋고, 술 잘 먹고, 떡 좋아하건만, 돈이 한 푼도 없으니까, 정월 초하룻날도 술 한 잔 먹을 수 없어서, 입맛만 쩌억쩍 다시고 있었습니다.

보기에 하도 딱하니까, 그의 마누라가 이웃집에 가서 술재강(술 만든 찌꺼기)를 얻어다가, 그것으로 넓적한 떡을 만들어 주면서,

"여보, 이것이나 먹으면 술 마신 것만큼 취할 것이니, 어서 잡수세요." 하였습니다.

철욱이는 그것이나마 고맙게 여기면서, 한 개 먹고, 또 한 개 먹고, 또 먹고, 또 먹고, 몇 개를 먹었는지 수효도 모르게 많이 먹었습니다.

술재강 떡이라도 하도 많이 먹으니까, 술기운이 올라서 얼굴이 붉어지고, 신이 나서 어깨가 으쓱으쓱해졌습니다.

"이만큼 취하였으니, 길에 나가더라도 누구든지 술 먹고 취한 줄

알지, 재강떡 먹고 취한 줄 아는 사람은 없겠지…….”
하고, 길거리를 나가 비틀비틀하면서, 취한 걸음으로 걸었습니다.
마침 그 때, 친한 친구 한 사람이 마주 나오다가, 동전 한 푼 없이 지내는 철욱이가 술이 굉장히 취한 것을 이상히 여기면서,
“철욱이! 자네 굉장히 취했네 그려, 정월 초하루부터 큰 변수가 생긴 모양일세그려.”
하고, 비행기를 태우니까,
“아무렴 취하고 말고……. 곤드레만드레 취했다네.”
하고, 흥청거리므로, 이놈이 꽤 허풍을 떠는구나 생각하고, 빈정거리느라고,
“허허 정말 대단히 취했네 그려……. 무엇을 먹고 그렇게 취했나?”
하니까, 철욱이는 점점 더 신이 나서,
“응, 취하고 말고……. 술재강을 잔뜩 먹고 취했네.”
그 말을 듣고, 친구는 어찌 우습던지 허리를 펴지 못하고, 웃으면서 도망하였습니다. 철욱이가 집에 돌아와서 그 말을 하니까,
“아이고, 대체 어리석기도 하오. 재강을 먹었다고 그러니까 남이 웃지요. 누가 묻거든 술을 많이 먹고 이렇게 취했다고 그래야지요.”
하는지라, 철욱이는 그럴 듯이 듣고 손뼉을 치면서,
“옳지. 옳지, 이번에는 꼭 그러지.”
하고, 그 길로 곧장 그 친구의 집을 찾아갔습니다. 큰일이나 난 것처럼 떠들면서,
“여보게, 아까도 취했지만 지금도 이렇게 몹시 취해서 죽을 지경일세.”

"왜 그렇게 취했나?" "술을 많이 먹고 취했다네."

"술을 얼마나 먹었단 말인가?"

"아홉 개나 먹었다네."

해 놓아서, 또 밑천이 드러났습니다.

"하하하하, 이놈아, 어떤 놈이 술을 아홉 개를 먹는다더냐, 또 재강 덩어리를 아홉 개 먹은 모양이로구나."

하고 웃으므로 창피만 당하고 돌아와서, 이야기를 하니까,

"여보, 아무인들 웃지 않겠소. 술을 아홉 개 먹었다는 사람이 세상에 어디 있단 말씀이오. 이 담에 만나거든 한 동이를 먹었다고 그러시오."

그 이튿날 밝기를 잔뜩 기다렸다가 아침이 되자, 밥도 안 먹고 친구 집으로 뛰어가서,

"아이고, 오늘도 참말 굉장히 취해 죽겠는걸……." 하였습니다.

"무얼 먹고 취했나?"

"술을 먹고 취했지!"

"얼마나 먹고 취했단 말인가?"

"얼마가 무언가, 한 동이나 먹었네."

친구가 그 말을 듣고 속으로'아내에게 배워 가지고 왔구나!'생각하고, 한 번 더 묻기를,

"찬 술을 먹었나? 더운 술을 먹었나?" 하였습니다.

철욱이는 쩔쩔매다가 하는 말이,

"화로에 석쇠 놓고 구워 먹었지."

하여, 기어코 재강떡 먹은 것이 드러나고 말았습니다.

까치의 옷

옛날 어느 산 속에 , 조그만 집 한 채가 있고, 그 집에 노파 한 분이 젖먹이 어린애기 하나를 얻어다가 기르고 있었습니다.

그리고 그 집 뒤꼍 담 안에 올빼미 한 마리와 까치 한 마리가 있었는데, 올빼미와 까치는 서로 매우 친하게 지내고 또 주인 노파에게도 퍽 친하게 굴었습니다.

하루는 밤에 노파가 마을에 볼일이 있어서 가기는 가야겠는데, 어린애 때문에 염려가 되어서, 얼른 가지를 못하고 주저주저하고 있었습니다. 이 밤중에 이 깊은 산 속에 아기를 두고 가도 괜찮을까 하고, 한참이나 망설이다가 언뜻 생각이 나서, 뒤꼍에 가서 나무 위에 있는 올빼미와 까치를 보고,

“내가 마을에 잠깐 다녀올 것이니, 너희가 그 동안에 우리 아기를 잘 보아다구. 그 대신 잘만 보아 주면 내가 상으로 옷을 한 벌씩 만들어 줄 것이니…….” 하였습니다.

그러니까,

“예, 그러겠습니다.”

하고 대답하는 듯이 까치는 깍깍 울고, 올빼미는 꾸룩 꾸룩 울었습니다.

노파는 대답을 듣고 안심하고 마을로 내려갔습니다. 깊은 산 속에 다만 한 채 있는 이 집에, 어린이 하나만 누워 있고, 밤은 점점 깊어 갔습니다. 캄캄한 산 속 저 밑에서 물소리만 출렁출렁 나고, 바람이 쏴아 불고 몹시 무서웠습니다. 그래도, 무서움을 아니 타고 올빼미와 까치는 나뭇가지에서 자지 않고, 앉아서 지키고 있었습니다. 밤은 점점 깊어만 갔습니다.

그 때, 나무 밑에서 쏴아 하는 소리가 나더니, 밤눈 밝은 올빼미가 눈을 둥그렇게 뜨고 내려다보니까, 아아 큰일 났습니다. 보기에도 무서운 시커먼 구렁이가, 어린애가 자는 방을 향해서 자꾸 갑니다. 그래서 깜짝 놀라서 이것 큰일 났다고 까치를 보고 자꾸 울었습니다. 그 소리를 듣고 까치도 정신을 차려 보니까, 큰 구렁이가 어린애 방으로 가는 것이 보였습니다. 큰일 났다고, 까치가 자꾸 깍깍 깍깍 울어서, 동무를 불렀습니다. 아닌 밤중에 군호 소리를 듣고, 까치 떼가 금시에 몰려왔습니다. 수많은 까치가 힘을 합하여 구렁이 몸뚱이를 쪼았습니다. 그 때 벌써 구렁이는 방문턱에까지 왔으나, 까치 떼에게 뜯겨서 필경 죽어 늘어졌습니다.

구렁이가 죽는 것을 보고야 까치 떼는 헤어졌습니다. 올빼미와 까치는 혼이 나서 눈을 크게 뜨고, 또 지켰습니다. 얼마 아니 있어서, 마을에 갔던 노파가 다 꺼져 가는 등불을 들고, 어린애가 잘이나 있나? 하면서, 급히 돌아왔습니다.

오니까 올빼미와 까치가 방문 앞에까지 와서 자꾸 우는 까닭에, 가서 등불을 밝혀 보니까, 거기 구렁이 한 마리가 몹시 뜯겨서, 피를 흘리고 죽어 늘어져 있었습니다. 노파는 어린애를 끼어 안고 기

뻐하면서,

“우리 복덩이 잘도 잔다. 오오! 까치야 올빼미야, 기특하다. 너희가 아니었다면, 큰일 날 뻔 하였구나! 내가 내일 좋은 옷을 지어 줄 것이니, 오늘은 편히들 자거라.” 하였습니다.

이튿날이 되어 노파는 약속대로 옷을 만들되, 올빼미에게는 얼룩덜룩하게 무늬 놓은 옷을 해 주고, 까치에게는 하얀 비단옷을 해 주었습니다. 그런데, 올빼미는 진드근하니까, 옷도 얼른 몸에 맞도록 잘 되어서 먼저 입었지만, 까치는 하얀 비단옷 입는 게 좋아서 자꾸 경정경정 뛰어 돌아다녔습니다. 노파가 옷을 대강 만들어서 맞는지 안 맞는지 보려고, 한 번 입혀 보았습니다.

“이 얘야, 좀 진드근하게 있거라. 어디 맞나 안 맞나 보자.”

하여도, 까치는 옷을 입더니, 그만 무한 기뻐서 자꾸 경정경정 뛰어 돌아다녔습니다. 너무 그러니까, 노파도 성이 났습니다.

“글쎄, 이리 좀 오너라. 맞나 안 맞나 보자. 그렇게 말을 안 들으면, 그때 때 옷에 검정 물을 끼얹을 테다.”

하여도, 까치는 그저 새 옷 입는 게 좋아서, 자꾸 뛰어다니기만 했습니다.

“그래도 안 올 테냐?”

소리를 질러도 까치는 기뻐서 뛰느라고 듣지도 못하고, 그저 좋아서 경정경정 뛰어 돌아다니기만 했습니다. 노파는 참다 참다 못해서,

“예끼, 이 녀석!”

하고, 옆의 대야에 있던 검정 물을 내어 끼얹었습니다.

까치는 경정경정 뛰다가, 머리에서부터 검정 물을 뒤집어쓰고, 그

하얗던 비단 옷까지 까맣게 되었습니다. 그리고 다만 배때기만 물을 안 맞아서, 하얀 채로 있었습니다. 그래도, 까치는 그저 새 옷 입는 게 좋아서, 그저 겅정겅정 뛰어다녔습니다.

그래서 까치는 등이 까맣고, 지금까지도 그 옷을 그대로 입고 좋아서 겅정겅정 뛰어다닌답니다.

과거 문제(過去問題)

옛날 아주 옛날, 우리나라에 몹시 어진 임금이 한 분 있었습니다. 아무쪼록 다스려가는 데 잘못되는 일이 없도록 하기 위하여, 항상 백성들의 살아가는 모양을 보고 싶어 하였습니다. 그래 가끔 가끔 한 지나가는 행인처럼 복색을 차리고, 다만 혼자 남의 눈에 뜨이지 않게 백성들 틈에 끼어서, 거리를 돌아다니고 돌아다니고 하였습니다.

하룻밤에는 가난한 사람들만 사는 듯싶은 쓸쓸한 동네를 거닐려니까, 어느 조그만 쓰러져 가는 집 속에서, 이상한 소리로 노래를 부르는 소리가 들리었습니다.

"대체 우습기도 하다. 노래하는 소리가 울음소리 같구나!"

하고, 임금은 가깝게 가서 그 다 쓰러진 오막살이집 뚫어진 창틈으로 가만히 들여다보았습니다.

보니까, 이상한 일도 많지요. 이십 오륙 세 되어 보이는 아름답게 생긴 젊은 여자가, 머리는 중처럼 새빨갛게 깎고, 춤을 덩실덩실 추고 있고, 그 옆에 삼십 세쯤 된 마른 남자가 한 사람이 앉아서, 눈물을 줄줄 흘리면서 우는 소리로 노래를 부르고 있습니다.

점점 이상하여, 이 집이 혹시 도깨비집이나 아닌가 싶어, 더욱 궁금한 마음으로, 두 눈을 씻고 자세히 들여다본즉, 그 두 남녀의 옆에는 한 늙은 영감이 엎드려 흑흑 느껴 울고 있었습니다.

"하하 이것은 반드시 무슨 까닭이 있는 모양이다!"

하고, 임금은 참다못하여 그 다 쓰러져 가는 이상한 집 대문을 열고, 쑥 들어갔습니다.

"여보시오, 나는 길 가는 사람이올시다만, 묻고 갈 것이 있어서 들어왔는데, 대체 당신들이 울면서 노래를 부르고, 젊은 부인이 머리를 깎고 춤을 추는 것은 무슨 까닭입니까?" 하고 물었습니다.

그 집의 세 사람은 그가 임금인 줄은 알지 못하나, 지나가는 행인이로되, 보아하니 점잖고 귀하게 생긴 인물이라, 의심할 것 없이 엎드려 울던 영감이 일어나서 숨김없이 이렇게 대답하였습니다.

"지금 우는 소리로 노래를 부른 것은 우리 아들이고, 춤을 추던 머리 깎은 여자는 우리 며느리랍니다. 나는 몸이 늙은 위에, 벌써 삼 년 전부터 고치지 못할 중병이 들어서, 이 날까지 마당에도 내려가 보지 못하고 앓고만 있는데, 요사이는 아들까지 병이 들어서 돈벌이를 못하고 있습니다. 그래 우리 며느리가 여자의 몸으로 품삯을 팔아서 우리 부자를 먹여 오기는 하였으나 약 한 첩 지어 올, 돈이 없었답니다. 그런데, 오늘 다리꼭지 장수가 와서, 우리 며느리의 머리가 좋은 것을 보고, 하도 탐스러워서 '돈을 많이 줄 터이니 팔지 않을 터이냐?'고 하기에, 내가 안 판다고 하였건만, 며느리가 우리 모르는 동안에 자기 머리를 빨갛게 깎아서 팔아 버렸습니다 그려……. 그래, 그 돈으로 우리 부자의 약을 사 온다고 하기에, 약값은 장만되었으나, 내 마음에 며느리가 하도 불쌍하여서 눈물을 흘리고 울고 있으니까, 우리 아들이 효성스런 사람이라 나를 위로하느라고 노래를 부르는데, 부르기는 부르지만 제 마음도 슬퍼서 그렇게 우는 소리로 노래를 불렀답니다. 그러니까, 우리 부자의 마음을 위로하느라고 머리를 깎은 며느리가 그렇게 춤을 추고 있었답니다."

이야기하는 중에도 슬픔을 못 이겨 흑흑 느껴가며 하는 말을 끝까지 듣고, 임금님도 눈물이 흐르는 것을 금치 못하였습니다. 그리고 세상에 이보다 더 마음이 착하고 효성이 지극한 사람들은 다시 없으리라고, 더할 수 없이 감복하였습니다.

"참말 감복할 일입니다. 이렇게 착하고 효성스런 사람이 만일 이 나라에 제일 높은 대신이 된다 하면, 얼마나 백성을 친절하게 잘 다스리겠습니까."

하니까, 세 식구는 눈이 둥그레졌습니다.

"예엣? 대신이 되라구요?"

"정말입니다. 당신 같은 이가 이 나라 대신이 되었으면 오죽 좋겠습니까!

옳지, 내일 모레 아침부터 대궐 안에서 큰 과거를 보이니, 그 날 가서 과거를 보아 대신이 되십시오."

하였습니다.

"처, 처, 천만예요. 저는 인제 간신히 편지나 한 장 쓸 만밖에 못되는데요. 대신이 무업니까."

"아니오. 대신 노릇은 반드시 글을 잘 해야만 되는 것이 아닙니다. 어쨌든지 그 날 가서 보시구려……. 문제는 아주 쉽게 날 터이니!"

하고, 임금은 아무쪼록 그 날 과거를 보라고 친절히 권하고, 그 집을 나와 버렸습니다.

이상한 행인이 나간 후에 세 식구는 의논이 분분하였으나, 모두 생각하기에 암만해도 그 사람이 보통 행인이 아닌 모양이니, 그 말대로 과거를 보아보는 것이 좋겠다고 하였습니다.

다음, 다음 날이 되었습니다. 대궐 안에서는 큰 과거를 보인다고 천하에 글 잘하는 학자란 학자는 모두 모여들어서 장안이 벌컥 뒤집힌 것 같았습니다.

제각기 장원할 듯이 잘 차리고 거드럭거리면서, 대궐로 모여 들어가는 학자들 틈에, 더러운 해진 옷을 입은, 그 울면서 노래를 부르면 불쌍한 아들도 섞이어 있었습니다.

모든 학자들이 가슴을 두근거리면서,

"무슨 문제가 나려노?"

하고 기다리고 있는데, 이윽고 내어 걸린 문제를 보니까,

父泣(부립; 아비는 울고)

夫歌(부가; 지아비는 노래 부르고)

婦舞(부무 며느리는 춤추다.)

이러하였습니다.

난다 긴다 하는 학자들도, 아무리 고개를 이리 틀고 저리 틀고 하면서 궁리하여도, 무슨 의미인지 모르겠고, 암만 머리를 썩이고 생전에 배운 것을 다 생각해 보아도, 아무 책에도 그런 것이 적히어 있는 책이 없었습니다.

생각하다 못하여, 아무렇게나 우물쭈물 써 들여간 사람도 있고, 또는 아무것도 못 쓰고 흰 종이를 그냥 바치어 모두들 낙제를 하

였습니다.

그러나 이 이상한 문제를 잘 알고 글을 잘 지어서 급제하여 뽑힌 사람이단 한 사람 있었습니다.

그 후, 그 사람이 대신이 되었을 때, 대신의 부인은 머리가 없다는 소문이 돌았으나, 나라를 잘 다스리고, 부인은 시아버지를 잘 봉양하여 늙도록 잘살았습니다.

욕심쟁이 땅 차지

그다지 오래 되지도 않은 옛날, 한 시골에 몹시 욕심 많은 사람이 있었습니다.

암만 쓰고도 그래도 남을 돈과, 혼자는 주체를 못할 만큼 땅을 많이 가지고 있었건만, 원래 욕심이 사나운 사람이라, 땅만 보면 자기 땅을 만들고 싶어 하고, 돈만 생기면 땅을 사고 또 사고 하였습니다.

그래 땅을 늘려 가는 데만 재미를 붙이고 살므로, 땅을 더 사기 위하여는 음식도 잘 안 먹고, 옷 한 벌도 깨끗하게 못해 입을 뿐 아니라, 이웃 사람에게도 아무리 인정 없는 짓이라도 기탄없이 하는 성질이었습니다.

남에게 돈을 취해 주고는, 그 세 곱절 네 곱절의 땅을 빼앗아 버리고, 땅도 없는 가난한 사람에게는 밥 짓는 솥과 들어 있는 집을 빼앗아서, 그 걸로 더 땅을 장만하고 하여, 굉장히 많은 땅을 가졌건만, 그래도 그의 욕심은 만족하지 않았습니다.

그 때에 그 시골 영주(領主)가 그 소문을 듣고, 욕심쟁이를 불러 이르되,

"그대가 그렇게 땅을 많이 가지기가 소원이라니, 내일 아침 해가 솟을 때말을 달리기 시작하여, 꼭 해가 질 때까지, 얼마를 돌던지

둥글게 휘돌아오면, 그 돌아온 만큼, 십 리 둘레를 돌았으면 십 리 안의 땅을 모두 주고, 백리 둘레를 돌았으며 백 리 둘레 안 땅을 모두 그대에게 줄 것이니, 어떠한가?" 하였습니다.

욕심쟁이는 이것이 꿈이나 아닌가 하고 기뻐하면서, 몇 번이나 대답을 되짚어 해 놓고, 이튿날 해뜨기 전에 좋은 말 한 필을 골라 타고, 해가 솟기를 기다렸습니다.

동편 산머리에 해가 보이기 시작하자마자 욕심쟁이는 말을 달리기 시작하였습니다. 조금이라도 더 부지런히 달려서 조금이라도 더 멀리 돌아야 땅을 많이 얻게 된다고 생각하면서, 욕심쟁이는 말이 숨 쉴 새도 없이 채찍질을 하면서, 발뒤꿈치로 말의 뒷다리를 자꾸 차면서, 멀리 멀리 달렸습니다.

그러니, 단 두 시간이 못 되어 말은 죽을 지경으로 헐떡거리고, 사람도 정신을 못 차릴 지경이었습니다. 그런, 욕심쟁이는 조금이라도 더 부지런히 뛰어, 조금이라도 더 땅을 얻을 욕심에, 자꾸 자꾸 말 다리를 차면서, 죽을 둥 살 둥 모르고 달려 뛰었습니다.

점심때가 되니 점심을 먹일까, 말이 헐떡거리니 잠시라도 쉬기나 할까, 그냥 그대로 달리어 해질 때가 가까이 되니까, 참말 굉장히 멀리 돌아서, 그 시골 땅이란 땅이 모두 그 안에 들었습니다.

"이래서는, 이 시골 땅을 모두 주게 생겼는걸……."

하고, 영주와 모든 사람들은 놀랬습니다. 그러나 산머리에 해가 돌아가려고 할 때, 간신히 떠나던 자리에까지 달려 돌아온 욕심쟁이와 말은, 그만 땅에 폭 고꾸라졌습니다.

돌기는 굉장히 넓게 멀리 돌았지마는 너무도 심한 노력에 그만 거꾸러져서, 영영 다시 일어나지 못하고 죽어 버렸습니다.

땅 많은 부자 욕심쟁이는 자기가 구박하던 동네 사람들의 정성에 안기어, 동네 뒤 조그만 산턱에 따뜻이 묻히었습니다.

보니까, 그가 영구히 드러누운 무덤은 겨우 세 평도 못되었습니다. 그래, 모든 사람이 이렇게 말했습니다.

"세 평만 하면 넉넉하고도 남을 것을, 공연히 그렇게 애를 쓰고 죽었구나! ……."

이상한 샘물

옛날 어느 산 밑에 , 아들도 딸도 없는 늙은이 내외가 살고 있었습니다.

천 냥(재산)이 없어서 가난하기는 하였지만, 영감님이나 마나님이나 똑같이 마음이 착해서, 남에게 폐를 끼치거나 신세를 지지 아니하고 부지런히 일을 하면서 살아갔습니다. 그러나 그 이웃집에 마음 사납고, 게으르고, 욕심 많은 홀아비 한 영감이 있어서, 날마다 낮잠만 자고 놀고 있으면서, 마음착한 내외를 꼬이거나 속여서 음식은 음식대로 먹고, 돈은 돈대로 속여서 빼앗아가고 그러면서도 고맙다는 말 한 마디 하는 법 없이, 매양 두 내외를 괴롭게 굴고, 험담을 하고 돌아다녔습니다.

그래서 이것을 아는 동네 사람들은, 어떻게 욕심쟁이를 다시 잘 가르쳐서, 다시 길렀으면 좋겠다고 하였습니다. 그런, 이미 늙은 사람을 어떻게 다시 길러 내거나 가르치는 수도 없고, 아무래도 별 수가 없었습니다.

참말, 그 욕심쟁이 늙은이로 해서, 착한 영감 내외는 아무리 힘을 들여 일을 하고, 애를 써서 벌어도 밑바닥 깨어진 독에 물 길어 붓는 것 같아서, 돈 한 푼 모이지 않고, 단 하루도 편히 쉴 수가 없었습니다.

다 꼬부라진 허리를 쉬엄쉬엄 쉬어 가면서 죽을 고생을 들여서, 이른 아침부터 밤 어둡기까지 산에 가서 나무를 모아다가 팔지 아니하면, 그 날밥을 먹지 못하는 형편이었습니다.

그런, 마음 착한 영감님은 조금도 이웃집 홀아비를 원망하거나 미워하지 아니하였고, 다만 자기가 너무 늙어서 마음대로 벌이를 못하게 되는 것만 한탄하면서, 조금만 더 젊었으면 좀 더 일을 많이 할 수가 있겠는데……, 하면서 지낼 뿐이었습니다.

그렇게 살아가는 중에 하루는 참말로 뜻밖에 이상한 일이 생겼습니다.

그 날도 다른 날과 같이 이른 아침에 산 속으로 나무하러 간 영감님이, 저녁때가 되어 마나님이 저녁밥을 차려 놓고 기다려도, 돌아오지 아니하였습니다. 웬일일까? 웬일일까? 하고, 자주 산길을 내다보면서기다려도 영감님은 오지 아니하였습니다. 벌써 밤이 되었는데 어째 아니 올까? 어째 아니 올까 하고, 앉았다 섰다 하면서, 갑갑히 기다려도 오지 아니하였습니다. 늙은이가 산속에서 혹시 다치지나 아니하였을까? 무슨 무서운 짐승에게 잡혀 가지나 안했나? 하고, 무서운 의심과 겁이 벌컥 나서, 이웃집 욕심쟁이 늙은이를 보고, 암만해도 무슨 일이 생긴 모양이니, 횃불을 들고 좀 찾아가 보아 달라 하니까, 의리도 모르고 은혜도 모르는 욕심쟁이 늙은이는,

“이 밤중에 누가 찾으러 간단 말이냐.”

고 하면서, 고개도 들지 아니하였습니다.

하는 수 없어서 마나님이 혼자서라도 찾으러 가야겠다고, 짚신을 신고횃불을 켜들고, 문 밖으로 나섰습니다. 그러니까, 그제야 나뭇짐을 지고 어슬렁 어슬렁 컴컴한 산길로 영감님이 오지 않습니까. 마나님은 어찌나 반가운지 후닥닥 뛰어가서 손목을 잡으면서,

"아이고, 어서 오시오. 어떻게 걱정을 하였는지 모르겠소. 왜 이렇게 늦으셨소?"

하고, 집으로 맞아들였습니다. 나뭇짐을 내려놓고 방에 들어온 후에야, 영감님의 얼굴을 보고 마나님은 깜짝 놀랐습니다. 이상도 하지요.

영감님의 얼굴은 주름살 하나 보이지 않고, 수염도 없어지고, 하얗게 세었던 머리도 새까매지고, 아주 스물다섯 살쯤 되어 보이는 젊디젊은 새서방으로 변한 까닭이었습니다.

"아이구 여보, 어떻게 이렇게 젊어지셨소? 아주 새파란 젊은 사람이 되었으니……."

하면서, 하도 이상하고 신기하여서 물어 보았습니다. 영감님은 목소리까지 아주 젊은 소리로,

"글쎄, 나도 이상하오. 처음에 산 속에 가서 나무를 긁고 있노라니까, 어디에서 왔는지 처음 보는 파아란 새가 후르르 날아와서, 내 머리 위의나무에 앉더니, 고운 목소리로 노래를 하는데, 어떻게 그렇게 어여쁜 소리로 재미있게 노래를 하는지, 나는 그만 그 새 소리에 정신이 쏠려서, 갈퀴를 손에 쥔 채로 가만히 서서 그 소리를 듣고 있지 않았겠소.

그랬더니, 잠깐 있다가 그 파랑새는 노래를 뚝 그치더니, 후르르

산 속으로 날아갑디다 그려. 그래 나는 하도 섭섭하여서 한참이나 그대로 서서 귀를 기울이고 있노라니까, 저어 산 속에서 그 새 소리가 나길래 한 번 더 가깝게 가서, 그 소리를 들으려고 그 산 속으로 가니까 또 후르르 하고 더 깊이 날아가길래, 그냥 따라서 자꾸 좇아 들어갔었구려. 그렇게 한참 가니까, 생전에 가 보지 못하던 곳인데, 거기 조그만 나뭇가지에 새가 앉았습디다. 그래, 거기까지 가 보니까, 그 나무 밑에 조그만 웅덩이가 있고, 깨끗한 샘물이 졸졸졸 솟아서 가득하게 고여 있는데, 그것을 보니까, 별안간 어찌 목이 마른지 그냥 그 샘물을 손바닥으로 떠먹어 보았더니, 어떻게 그 물맛이 시원한지, 좋은 약주를 먹은 것 같습디다. 그래서 나는 그만 파랑새니 무어니 다 잊어버리고, 다섯 번이나 그 샘물을 퍼 먹었지.

그랬더니 속이 시원하면서, 술 먹은 사람같이 마음이 상쾌한 중에, 어떻게 그만 잠이 들어서 한참 동안이나 자다가 밤이 되니까, 어찌 추운지 추워서 깨어 가지고, 지금 돌아오는 길이오."

하고, 태연스럽게 이야기를 하였습니다.

"아이고! 그럼, 그 샘물이 필시 젊어지는 신령한 샘물이 든 것인가 보구려."

하면서, 노파도 기꺼워하였으나, 큰일 난 것은 영감님이 너무 젊어지고, 마나님은 그대로 있으니까, 마치 영감님은 마나님의 아들같이 보였습니다.

그래서 이래서는 아니 되겠다고, 이튿날 새벽에 일찍이 일어나서, 젊은 영감님이 늙은 마나님을 데리고, 산 속으로 샘물을 찾아가서 물을 떠먹였습니다. 그래서 마나님도 스물둘이나 세 살 쯤 젊은 새색시가 되어, 아주 기운차고 일 잘하는 젊은 내외가 되어 재미있게 살게 되었습니다.

게으름뱅이 욕심쟁이 홀아비 늙은이가 그것을 보고, 한시 잠시도 참을 수가 없어서, 착한 새 젊은이를 보고, 그 샘물 있는 곳을 가르쳐 달라하였습니다. 마음 착한 새 젊은이는 싫단 말 아니하고, 길을 가르쳐주었습니다. 욕심쟁이는 부리나케 한걸음에 갈 것같이 뛰었습니다.

욕심쟁이도 젊어져 가지고 돌아오려니 하고, 두 내외가 아무리 기다려도 돌아오지를 아니하였습니다. 저녁때가 되고 해가 져도 돌아오지 않았습니다. 밤중이 되어 캄캄하여졌어도 돌아오지 아니하고, 그 이튿날새벽이 거의 되어도 돌아오지 아니하였습니다.

암만해도 의심이 가서, 새 젊은 내외는 아침에 일찍이 일어나서, 산 속 샘물을 찾아갔습니다. 샘물 옆까지 와 보아도 욕심쟁이는 보이지 아니하였습니다.

"필경 늑대나 호랑이에게 물려 간 모양이로군."

하고, 탄식을 하면서, 근처를 찾노라니까, 이것 보십시오! 저쪽 바위틈에 크디큰 어른의 옷을 입은 갓난 어린애가 누워서, '으앙 으앙'하고 울고 있지 않습니까. 웬일인가 하고 뛰어가 보니, 옷은 분명히 욕심쟁이늙은이가 입었던 옷인데, 옷 속에서 갓난아기가, '으앙 으앙' 울고 있으므로, 그 욕심쟁이 늙은이가 샘물을 퍼 먹을 제도 너무 욕심을 부려서, 한없이 많이 퍼먹고, 젊다 젊다 못해서, 아주 갓난아기가 된 것인 줄을 알았습니다.

그래서 새 젊은 내외는 깔깔깔 웃으면서,

"우리 집에 어린애가 없어서 쓸쓸하니까, 우리가 갖다가 기릅시다."

하고, 갓난아기를 안고 내려왔습니다.

마음 착한 내외에게 다시 길러 자라난 후에는, 욕심도 없고, 게으르지도 않은 좋은 사람이 되었을 것입니다.

나비의 꿈

어느 들에 어여쁜 나비가 한 마리 살고 있었습니다. 나비는 날마다 아침때부터 꽃밭에서 동산으로, 동산에서 꽃밭으로 따뜻한 봄볕을 쪼이고 날아다니면서 온종일 춤을 추어, 여러 가지 꽃들을 위로해 주며 지내었습니다.

하루는 어느 포근한 잔디밭에 앉아서 따뜻한 볕을 쪼이면서, 이런 생각을 하였습니다.

여신께서는 나를 보시고,

'즐겁게 춤을 추어 많은 꽃들을 기껍게 해 주는 것이 너의 직책이다!'하셨습니다.

'나는 오늘 지금까지 모든 꽃들을 모두 기껍게 해 주기 위하여, 내 힘껏 하여 왔다! 그러나 어떤 일이든지 좀 더 좋은 일을 했으면 좋겠다.'고 생각하였습니다. 그 후부터는 날마다 그 '더 좋은 일'만 생각하고 있었습니다.

어느 날 밤이었습니다. 나비는 그 날도 온종일 재미롭게 춤을 추었기 때문에, 저녁때가 되니까 몹시 고단하여서, 일찍이 배추밭 노오란 꽃가지에 누워서, 콜콜 가늘게 코를 골면서 잠이 들었습니다.

그리고 이런 꿈을 꾸었습니다.

나비는 전과 같이 이리저리 펄펄 날아다니노라니까, 어느 틈에 전에 보지 못하던 모르는 곳에 이르렀습니다. 거기는 시골같이 쓸쓸한 곳인데, 나직한 언덕 위에 조그마한 집이 한 채 있었습니다.

"에그? 어떻게 이런 곳으로 왔을까!"

하고, 나비는 이상해 했습니다. 그리고 언뜻 보니까, 그 조그마한 집 뒤뜰에는 동백나무가 서 있고, 나무에는 빨간 동백꽃이 많이 피어 있으므로, 나비는 그 꽃 위에 앉아서 날개를 쉬고 있었습니다.

따뜻하게 볕만 퍼지고 동네도 조용하고, 이 조그만 집도 사람 없는 집같이 조용하였습니다.

그러더니, 이 빈 집같이 조용하던 집에서 나직하고 조심스런 소녀의 소리가 들리었습니다.

"이애 민수야, 얼른 나아야 약을 먹고 얼른 나아야 아니하니? 네가 이렇게 앓아누웠기만 하면, 누나가 쓸쓸하지 않으냐?"

분명히 병든 동생의 머리맡에 앉아서 근심하는 소리였습니다. 그러니까, 그 병든 동생이 기운 없는 말로 대답하는 것이 들렸습니다.

"누나, 나는 약 먹기 싫어요! 써서 어떻게 먹우. 약보다도 나는 동산에 가고 싶어요. 살구꽃하고, 복사꽃이 피었겠지요. 응? 누나야, 작년처럼 동산에 올라가서 새 우는 소리도 듣고, 나비가 날아다니는 것을 보고 싶어요.

아아, 어서 동산에를 가 보았으면!"

나비는 이 가느다란 불쌍한 소리를 듣고, 퍽 마음이 슬펐습니다.

잠이 깨어 눈이 뜨였습니다. 벌써 날이 밝아서 세상이 훤하였습니다. 나비는 지난밤에 꾼 꿈을 다시 처음부터 차근차근히 생각하였습니다. 생각할수록 어디인지 분명히 그런 불쌍한 어린 남매가 있는 것같이 생각되었습니다.

그래서 나비는 가끔가끔 놀러 오는 동무 꾀꼬리에게 찾아가서, 그 꿈 이야기를 하였습니다. 그러니까, 마음 착한 꾀꼬리도 그 말을 듣고,

"그럼 분명히 그런 불쌍한 남매가 어딘지 있는 모양일세."하였습니다.

그리고 다시,

"그 앓는 동생이 새 소리를 듣고 싶고, 나비를 보고 싶더라고 하더라니, 우리가 어디인지는 모르지만 둘이 찾아가 보세그려."하였습니다.

나비와 꾀꼬리는 꿈에 본 집을 찾으러 나섰습니다. 그러나 어디 어느 곳에 그런 집이 있는지 아는 수가 있겠습니까. 하는 수 없이 쩔쩔매다가, 마침 높이 떠서 날아오는 기러기를 불렀습니다.

서늘한 나라를 찾아서 북쪽으로 향하고 먼 길을 가던 기러기는 꾀꼬리가 부르는 소리를 듣고 내려왔습니다.

"남쪽에서 오시는 길에 혹시 언덕 위에 조그만 집에 어린 동생이 앓아 드러누웠고, 누이가 울고 있는 불쌍한 남매를 보지 못하였습니까? 우리는 그 집을 찾아가려고 그럽니다."

하고, 꿈꾼 이야기를 자세히 하였습니다. 기러기는 그 말을 듣고,

"아아, 알고말고요. 착한 남매가 불쌍하게 근심을 하고 있습니다. 어서가 보십시오. 여기서 저어 남쪽으로 쭈욱 가서, 아마 십 리는 될 거요. 여기서 곧장 가면, 그 언덕 있는 곳이 보입니다. 어서 가 보십시오."

하고 가르쳐 주고 북쪽 나라로 갈 길이 멀고 급하다고 인사하고 갔습니다.

나비와 꾀꼬리는 기꺼워서 한숨에 갈 듯이 남쪽으로 날아갔습니다. 한참이나 가니까, 언덕이 보였습니다. 그 언덕 위에는 꿈에 보던 그 조그만 집이 있고, 뒤뜰에는 꿈에 앉았던 동백꽃도 피어 있었습니다. 어떻게도 반가운지,

"여기다, 여기다."

하고 나비는 꾀꼬리를 데리고 동백꽃 나무에 앉아서,

"아가씨, 아가씨, 문 열어 주십시오."

하고 불렀습니다.

그러나 아무리 불러도 방 속에서도 아무 대답도 없었습니다.

그러니까 꾀꼬리가,

"아무리 부른들 알아들을 리가 있나."

하고, 이번에는 자기가 그 어여쁜 목소리로,

"꾀꼴 꾀꼴 꾀꼴꼴……."

하고 노래를 불렀습니다. 그러니까, 방 속에서 깜짝 놀라는 듯한 소리가 나더니, 방문이 드르륵 열렸습니다.

꾀꼬리는 그냥 자꾸 노래를 불렀습니다.

방문을 열고 내다보는 사람은 열두 살쯤 되어 보이는 얌전한 소녀였습니다. 꾀꼬리와 나비가 나란히 앉아있는 것을 보고, 몹시도 반가워하면서, 마치 반가운 사람이나 만난 듯이 기뻐서 어찌할 줄을 모르며, 사람에게 하는 말같이,

"아이구 고마워라, 꾀꼬리도 나비도 왔구먼……. 민수가 어떻게

너희들을 보고 싶어 했는지 모른단다."

하고는,

"에그, 민수가 보게 방에까지 들어왔으면 좋으련만……." 하였습니다.

나비와 꾀꼬리는 후루루 날아서 방으로 들어갔습니다. 방이라야 좁다란 한 칸 방인데, 아홉 살쯤 된 어린 사내아이가 마르고 파아란 얼굴에 눈을 감고 누워서 잠이 든 것 같기도 하고, 죽은 것 같기도 하였습니다.

"민수야, 눈을 떠 보아라. 꾀꼬리와 나비가 왔다."

하면서, 소녀는 동생을 부드럽게 흔들어서 깨웠습니다.

꾀꼬리는 목소리를 곱게 내어 재미있고 씩씩하게,

"꾀꼴 꾀꼴 꾀꼴꼴……."

하고, 노래를 정성껏 불렀습니다. 나비는 그 노래에 장단을 맞춰서, 재주껏 화려하게 춤을 덩실덩실 추면서, 병든 어린이의 자리를 빙빙 돌았습니다.

그야말로 세상에서 들을 수 없는 훌륭한 음악이요, 진기한 무도이었습니다.

거슴프레하게 떴던 병든 소년의 두 눈은 점점 크게 떠지면서 생기가 나면서 춤추며 돌아다니는 나비를 따르고, 귀는 아름다운 꾀꼬리의 노랫소리를 정성스럽게 듣고 있었습니다.

꾀꼬리와 나비는 열심히, 열심히 재주와 정성을 다하여, 노래를 부르고 춤을 추었습니다.

그러니까 병든 소년의 눈을 점점, 점점 광채가 나기 시작하고, 파아란 얼굴에는 붉은 혈기가 점점, 점점 돌아오더니, 이윽고는 긴긴 겨울이 지나도록 한 번도 보지 못한 웃음의 빛이, 그의 눈에도 입에도 보이기 시작하였습니다.

그것을 보고 꾀꼬리와 나비는 기운껏, 기운껏 피곤하기까지 노래와 춤을 추었습니다.

그 날 밤에는 소년의 따뜻한 주선으로, 그 집 처마 끝 동백나무 그늘에서자고, 그 이튿날도 방에 들어가서 노래를 부르고 춤을 추고하였습니다.

어린이의 병은 차츰 나아지고, 기운과 정신이 나날이 새로워졌습니다.

나비와 꾀꼬리는 그 이튿날도 또 그 이튿날도 쉬지 않고 노래와 춤으로 병든 소년을 위로하였습니다.

이렇게 이레 동안을 지나자, 소년은 아주 쾌하게 병이 나아서, 누나의 손을 잡고, 동산에도 가고 뜰에도 가서, 꾀꼬리와 나비와 재미있게 뛰놀 수 있게 되었습니다.

시골 쥐 서울구경

시골 쥐가 서울 구경을 올라왔습니다. 처음 길이라 허둥허둥하면서, 짐차를 두 번 세 번이나 갈아타고, 간신히 서울까지 왔습니다. 직행차를 타면 빨리 온다는 말도 들었지만, 그래도 짐차를 타야 먹을 것이 많고 사람의 눈에 들킬 염려도 적으므로, 짐차를 타고 온 것이었습니다.

기차가 한강 철교를 건널 때에는 어떻게 무서운 소리가 크게 나는지, 어지러워서 내려다보지도 못하고 왔지마는, 서울까지 다 왔다는 말을 들을 때에는 기쁜 것 같고 시원한 것 같으면서도, 가슴이 울렁울렁하였습니다.

남대문 정거장에 내려서, 자아 인제 어디로 가야 하나 하고 망설이고 서 있노라니까,

"여보, 여보!"

하고, 뒤에서 부르는 소리가 들렸습니다. 보니까, 이름은 몰라도 역시자기와 같은 쥐이므로 할아버지나 만난 것처럼 기뻐서,

"처음 뵙습니다만, 길을 좀 가르쳐 주십시오. 서울은 시골서 처음 올라와서 그럽니다."

하고, 애걸하듯이 물었습니다.

"글쎄, 처음부터 당신이 시골서 처음 온 양반인 줄 짐작했습니다. 서울 구경하러 올라 오셨구려?"

"네에, 죽기 전에 한 번 서울 구경 좀 해 보려고, 그래 벼르고 별러서, 인제 간신히 오기는 왔지만, 와 보니 하도 어마어마하여 어디가 남쪽인지어디가 북쪽인지 분간 못하겠습니다 그려……. 우선 여관을 정해야겠는데 어느 여관이 좋은지 알 수가 있어야지요. 첫째 그놈의 고양이 없는 여관이라야 안 합니까……?"

"그럼, 여관으로 갈 것 없이 나하고 우리 집으로 갑시다 그려. 그럼 돈도들 염려 없고, 고양이도 감히 오지 못하는 집이니까요. 뺑 돌아가면서 쇠로된 양옥집이니까요."

"예? 양옥집이어요? 훌륭한 집에 계십시니다 그려. 서울 왔다가 양옥집구경도 할 겸 그럼 댁에 가서 폐를 끼칠까요."

"폐가 무슨 폐예요. 자아, 나를 따라오셔요. 까딱하면 길을 잃어버립니다."

시골 쥐는 이제야 마음을 놓고, 서울 쥐의 뒤를 따라섰습니다.

"저기, 소리를 뿌우뿡 지르면서 달아나는 것이 저것이 자동차라는 것이랍니다. 다리 부러진 사람이나, 앉은뱅이나, 그렇지 않으면 중병 든 사람이나 타고, 다니는 것이지요. 저기 잉잉 울면서 집채만 한 것이 달아나는 것은 전차라는 것입니다. 늙은이나 어린애나 아이 밴 여자들이타고 다니는 것이지요. 돈 오전만 내면 거의 십 리나 되는 데까지 태워다주는 거예요. 우리도 저것을 타고 갔으면 좋으련만, 우리는 타면 곧 밟힐 테니까, 그래서 못 타지요."

"아이고, 구경삼아 걸어가는 것이 좋습니다. 그런데, 지금 어디 불이 났습니까, 난리가 났습니까? 왜 사람들이 저렇게 황급히 뛰어 갑니까?"

"불이 무슨 불이어요. 서울 사람들은 으레 걸음걸이가 그렇지요. 서울서사는 사람이 그렇게 시골처럼 담배나 피워 물고, 한가히 지내서야 살 수 있겠습니까? 굶어 죽지요. 저렇게 바쁘게 굴어도 그래도 돈벌이를 못하는 때가 많으니까요. 그리고 우선 전차, 마차, 자동차, 자전거가 저렇게 총알같이 왔다 갔다 하는데, 시골서처럼 한가히 굴다가는, 당장에 치어 죽을 것이 아닙니까?

"딴은 그렇겠는걸요. 구경만 하기에도 눈이 핑핑 도는 것 같은걸요."

"자아, 저것이 남대문입니다."

"아이고, 참 굉장히 큰걸요."

"저 문 위에 올라가면 어떻게 넓은지, 우리들에게는 연병장 벌판만하여 좋지만, 먹을 것이 없어요. 그래 텅 비었지요."

이야기를 들으면서 눈을 두리번두리번하면서, 서울 쥐를 따라 한참이나 갔습니다.

"자아, 다 왔습니다. 저기 새빨간 양옥집이 보이지 않습니까? 저 집이야요."

보니까, 참말 새빨간 칠을 한 우뚝한 높은 집이 높다랗게 서 있었습니다.

"참 훌륭한 댁입니다그려. 아주 새빨갛습니다 그려. 저 위에 노랗게 달린 것은 들창인가요?"

"네, 그것이 들창으로도 쓰고, 드나드는 대문으로도 쓰는 것입니다.

저렇게 높고 좁은 문으로 드나드니까, 고양이가 올 염려는 조금도 없습니다."

"딴은요! 그렇겠는데요."

"자아 미끄러지지 않도록 속히 기어 올라오십시오. 내가 먼저 기어 올라갈 터이니, 곧 따라 올라오셔요."

하고, 서울 쥐가 조르르 기어 올라가서 노오란 쇠문이 덮인 구멍으로 쑥 들어갔습니다. 시골 쥐도 기어 올라가기는 원래 잘 하므로 곧 뒤따라 기어 올라가서, 뛰어 들어갔습니다.

"어떻습니까? 넓지요? 아무것보다도 마음이 놓이는 것은 고양이 걱정 이야요. 이 속에 이렇게 들어앉아 있으면, 아주 천하태평입니다."

자아, 좀 편히 쉬십시오."

서울 쥐는 몹시도 친절하게 굴고 공손하게 대접하여서, 시골 쥐는 도리어미안한 마음을 느끼게 할 만큼 고맙고 다행스러웠습니다.

시골서는 구경도 못 하던 청요리 찌꺼기, 양과자 부스러기 같은 음식을 많이 내어 놓아서, 맛있게 먹고 있었습니다.

그런데, 그 때에 시골 쥐의 머리 위에 무언지 뚝 떨어지는 것이 있었습니다. 깜짝 놀라 보니까, 우표딱지 붙인 봉투였습니다. 시골 쥐가 어떻게 몹시 놀래었는지, 서울 쥐는 깔깔 웃으면서,

"그렇게 놀라실 것은 없습니다. 인제는 그런 편지가 자꾸 들어옵니다.

아무 염려 없어요. 이따가 잘 때에 깔고, 덮고, 자라고, 생기는 것이랍니다. 잠든 후에도 밤이 깊어갈수록 춥지 말라고 자꾸자꾸 그런 것이 생겨서 두둑하게 덮어 줍니다."

하고, 지금 떨어진 그 편지 봉투를 깔고 앉으라고, 시골 쥐에게

주었습니다.

"그리고 가끔 가다 비가 몹시 오기나 하는 때에 먹을 것이 없으면, 풀칠 많이 한 봉투를 뜯어 먹기도 하지요."

이런 이야기를 하고 있는 때에, 이번에는 신문지를 착착 접어 묶은 것이 떨어졌습니다.

"이번 편지는 꽤 큽니다그려."

하고, 시골 쥐가 서울 쥐 보고 말했습니다.

"아니오. 이건 편지가 아니라 신문이란 것입니다. 이 세상에서 생기는 일이면, 무엇이든지 이 속에 모두 적혀 난답니다. 어! 어! 무엇이 났나 좀 읽어 볼까?"

하고, 그 신문을 펴 가지고 들여다보더니,

"에이, 속상하군! 흑사병이 유행하니까, 우리들은 모두 잡아 죽여야한다고 아주 크게 내었는걸……."

"에구, 그럼 큰일 났구려, 공연히 올라왔구려! 맞아 죽으면 어쩌나요."

"아니오. 그렇지만 이 집 속에 있으면 겁날 것은 없습니다. 아무 염려말고 계십시오."

시골 쥐는 간신히 마음 놓고, 편지를 깔고, 신문지를 이불로 덮고 들어 누워서, 피곤한 판에 고단하게 잠이 들었습니다.

'시골 손님이 잠자는 동안에 나는 나가서 먹을 양식을 얻어 가지고 와야겠다.'

하고, 서울 쥐는 밖으로 나갔습니다.

한참 지난 후, 밤이 차차로 밝아올 때였습니다.

'재그럭 재그럭'하고 머리맡에서 이상스런 소리가 나므로 시골 쥐는 신문지 이불 속에서 눈이 뜨여서 움찔하였습니다. 큰일 났지요. 별안간에 머리맡에 있는 누런 (이때까지 잠겨 있던) 문이 밖으로 열리면서, 커다란 손이 쑥 들어오더니, 거기 있는 편지고 엽서고 신문지고 모두 휩쓸어 내가더니, 문턱에서 굉장히 큰 가방 속에 몰아넣었습니다.

신문지 밑에 웅크리고 있던 시골 쥐도 그 통에 휩쓸려서 가방으로 들어가고, '제꺽'하고 가방 문까지 잠겨 버렸습니다.

어쩐 영문을 모르는 시골 쥐는 이렇게 가방 속에 갇혀서 어디로 가는지 어떻게 되는지 겁도 나고 갑갑도 하여, 입으로 '각작 각작' 가방 가죽을 뜯어 물어 떼어서, 구멍을 뚫어 놓고, 그리고 얼굴을 쑥 내밀고, 형편을 살펴보았습니다.

자기가 갇히어 있는 가방은 어떤 누런 모자 쓰고, 누런 양복 입은 사람의 어깨에 메어져서, 그의 궁둥이에 매달려서, 지금 어디론인지 자꾸 가는 중이었습니다.

아직도 이른 새벽이건만, 서울 남대문 안은 퍽 복잡하였습니다.

전차가'잉잉'하면서 달아나고, 인력거가 이 길 저 길로 곤두박질해 다니고, 자전거가'따르릉 따르릉'하고 달아나고 마차 끄는 말까지, 아무 일 없는 강아지까지 급급히 뛰어가고, 뛰어오고 하였습니다.

"대체 서울이란 굉장히 크고 좋기도 하지만, 굉장히 바쁘게 다니는 곳이다."

고, 시골 쥐가 생각할 때에 어느덧 자기를 메고 가는 누런 양복쟁이는 어느 커다란, 이번이야 말로 남대문 정거장같이 큰 벽돌집 뒷문으로 쑥 들어갔습니다.

들어가서는 마치 더러운 북더기(쓰레기)를 버리듯이 가방에 가지고 온 편지들을 커다란 채롱 속에 쏟았습니다.

"이크! 쥐야, 쥐다! 쥐가 우편 가방에서 나왔다!"

하고, 누런 양복쟁이가 소리를 지르니까, 여러 십 명 되는 사무원들이,

"어디?" "어디?"

하고, 우루루 몰려와서, 시골 쥐를 잡으려고 소동을 하였습니다.

그러나 시골 쥐는 잡히지 않고, 간신 간신히 도망하여 마루 밑에 숨었습니다.

"아아 서울은 무섭다. 무서운 곳이다! 서울 쥐들은 친절하지만 양옥집도 무섭고, 흑사병도 무섭다. 에엣, 가방 구멍으로 내다보고 서울 구경을 꽤한 셈이니, 인제는 달아나야겠다. 어서 달아나야겠다."

하고, 그 날로 곧 시골로 내려갔습니다.

귀먹은 집오리

널따란 연못에 하얗고 어여쁜 집오리 두 마리가 기르고 있었습니다. 두 마리가 모두 수컷이고, 모양도 쌍둥이같이 똑같았습니다.

그 중 한 마리는 불쌍하게 귀가 먹어서, 사람의 소리를 잘 알아듣지 못하는데, 다른 놈은 귀가 몹시 밝아서 사람들이 가는 소리로 소곤거리는 소리까지 잘 알아들으면서도, 귀먹은 오리를 잘 보아주지 아니하고, 늘 속이기만 하였습니다.

매일 세 차례씩 주인집 아이가 연못가에 나와서, 땅 위에 먹을 것을 줍니다. 그 때마다 귀 밝은 오리가,

"사람이 먹이를 줄 때 잘못 어릿어릿하다가는 잡히기 쉬우니까, 내가 먼저 가서 사람들의 소리를 들어 보아서, 위험하지 않거든 부를 것이니, 그때에 오라."

하고 속이고 제가 먼저 가서 싫도록 먹은 후에, 겨우 귀머거리를 불러서, 나머지를 먹게 하였습니다.

그래도, 귀머거리 오리는 속는 줄도 모르고, 대단히 친한 동무로만 믿고, 날마다 찌끼만 먹고 있었습니다. 그런 줄을 모르고 주인집 아이는 잡힐 줄만 알고 있는 귀머거리를 '저 오리는 웬일인지 길이 들지 않는다.'고 생각하고 있었습니다.

하루는 저녁때, 주인 영감이 연못가에 와서 먹이를 뿌리면서,

"이 오리는 두 마리가 다 알을 낳지 않으니까, 오늘은 한 마리를 잡아먹어야겠다."

하고 중얼거렸습니다.

그 소리를 벌써 알아듣고 귀 밝은 놈이 계교를 내서 귀머거리를 보고,

"여보게, 오늘은 잡힐 염려가 없으니 같이 가세." 하였습니다.

귀머거리는 속는 줄은 모르고 즐겨하면서, 귀 밝은 놈을 따라 함께 먹으러나갔습니다. 먹이를 한참 먹고 있노라니까, 별안간에 주인이 달려들면서, 오리를 잡으려고 하였습니다. 그런 줄 미리 알고 귀 밝은 놈은 처음부터 눈치만 채고 있다가, 얼른 연못 속으로 뛰어 들어갔습니다. 잡힌 것은 불쌍한 귀머거리였습니다. 귀 밝은 놈에게 속은 줄은 알지 못하고, 날개를 잔뜩 붙잡힌 채로 매어 달려서 푸덕거리면서 소리쳐 울었습니다. 그 소리를 듣고 주인 아이가 좇아와서,

"아버지, 그 오리를 왜 잡으셨습니까? 길도 잘 들었는데……."

하고 물었습니다. 아이는, 그 오리가 늘 먼저 나와서 먹이를 잘 먹는 오린 줄 알고, 물속에 있는 오리는 늘 나중에 나오는 오리여서, 오늘도 이 때까지 아니 나온 줄 알았습니다. 주인 영감은 아이를 보고,"알을 아니 낳으니까 잡아먹으련다."

하니까, 아이는,

"그 오리는 길도 잘 들고 귀여우니 놓아 주시고, 잡으시려면 저 연못에 있는 놈을 잡으십시오. 저놈은 길도 안 들고 먹이도 나중에

나와서 먹는 놈이니까요." 하였습니다.

주인은 그럼 길 안든 오리를 잡기로 하자고, 그 잡았던 오리 발목에 헝겊을 감아서 놓아 주었습니다. 그리고 하는 말이,

"이렇게 길 잘 든 놈은 표를 해 두었다가, 이따가 밤에 자러 들어가거든 발목에 헝겊 없는 놈을 잡으면 된다." 하였습니다.

물속에서 귀 밝은 놈이 벌써 알아들었습니다. 애써 계교를 내어, 귀먹은 놈이 잡히도록 하였더니, 이번에는 제가 잡히게 되었으므로, 또 계교를 내었습니다. 그래서 귀먹은 오리를 보고,

"여보게, 자네 큰일 났네. 자네 발목에 맨 헝겊이 바로 오늘 밤에 잡혀죽을 표일세. 지금 얼른 풀어 버리게."

하였습니다.

그래도 귀머거리는 꼭 그걸 풀면 제가 죽게 되는 줄을 모르고,

"아르켜 주어서 대단히 감사하이."

하고, 절을 하면서 입으로 그 헝겊을 풀어 버렸습니다.

그러니까, 귀 밝은 놈은 속으로, '옳지, 이제 됐다.'하고 기뻐하면서, 던지는 그 헝겊을 제 발목에다 매려고 하였습니다. 그러나 아무리 매려고 애를 써도, 자기 입으로는 매어지지 않았습니다. 그래서 '어쩌면 좋을까?'하고 이 궁리 저 궁리 하고 있는데, 그 동안에 벌써 해가 지고, 밤이 되어 어두워 갑니다. 하는 수 없이 귀 밝은 놈은 또 다른 꾀를 내어, 귀먹은 오리를 잡히게 하려고,

"여보게, 오늘은 자네가 먼저 들어가 자게. 나는 사람들이 무슨 의논을 하는지 듣고 와서 자겠네……." 하였습니다.

귀머거리는 안심하고 자러 들어갔습니다. 그것을 보고 귀 밝은 놈

은 '옳지 인제 저 놈만 잡히게 되었다.' 생각하고 즐거워하면서, 저는 연못가 으슥한 곳에 가서 숨어 앉아서 귀머거리가 잡혀 가기를 기다리고 있었습니다.

그 밤에 연못가에서 '끼룩 끼룩' 하고 괴롭게 오리가 우는 소리가 나므로, 주인과 그 아이가 뛰어가 보니, 오리 한 마리가 집에 들어가지도 안고연못가에서 피투성이가 되어 죽어 자빠져 있었습니다.

"에에, 족제비에게 물려 죽었구나……. 그러나 마침 발에 헝겊 없는, 길 안든 오리였다."

하고 주인이 말하니까, 아이가 오리집을 들여다보고 나서,

"아버지, 이 오리에도 헝겊이 없습니다." 하였습니다.

귀 밝은 놈이 여러 번 귀머거리를 죽게 하였으나, 결국 제가 죽은 것이었습니다.

눈 어두운 포수(砲手)

나무가 무성한 숲 옆에 큰 연못이 있고, 그 연못 옆에 크다큰 절이 있었습니다.

숲 속에 사는 사슴과 연못 속에 사는 자라와 절 지붕에 사는 올빼미와 셋이는, 서로 몹시 친하게 정답게 지내는 터이었으므로 매양 셋이는 한데 모여서 재미있는 일을 서로 이야기하고, 매사를 서로 의논하고 지냈습니다.

그런데, 하루는 이 근처에 사는 포수가 이마적(이즈음) 눈이 어두워서 사냥을 잘 하지 못하던 터에, 사슴의 발자국을 보고 큰 수나 난 듯이 덫을 놓아두었습니다.

그런 줄을 알지 못하고 사슴이 자나가다가 보니까, 길옆에 훌륭한 먹을 것이 놓여 있는 것을 보고, 그것을 집어먹으려다가 그만 덫에 걸려 버렸습니다.

"아차차, 큰일 났다. 나 좀 살려 주, 나 좀 살려 주우."

하고 소리껏 외쳐 날뛰었습니다.

"이 깊은 밤중에 이게 웬 소리일까?"

하고, 자라가 소리 나는 곳에를 와 보니까, 친한 친구 사슴이 덫에 걸려 있지 않습니까? 몹시 놀라서,

"이것 큰일 났군!"

하고, 애를 무한 쓰지마는 어떻게 구원해 내는 수도 없고, 쩔쩔매기만 하고 있었습니다.

그러다가 올빼미가 자라를 보고 하는 말이,

"여보게 이러고만 있다가 날이 밝으면 포수가 올 것이니 어릿어릿하기만 하다가는 큰일 나겠네……. 자아, 내가 가서 어떻게든지 포수가 얼른 오지 못하도록만 해 놀 터이니, 자네는 그 동안에 자네 날카로운 이빨로 그 덫 줄을 끊어 보게."

"응 그러게. 그럼 내가 내 힘껏 끊어 볼 터이니, 어쨌든지 포수가 얼른오니 않도록만 해 주게."

자라는 죽을 힘을 다 들여 그 끈을 물어 끊으려고 달려들었습니다. 올빼미는 즉시 포수의 집으로 갔습니다. 가서는 날개로 그 집 문을 푸득푸득 두드렸습니다.

그 때 마침 포수는 등불까지 켜 놓고 마악 사슴이 잡혔나, 덫을 보러 가려고 하는 참이었습니다. 그러자 문 밖에서 푸득푸득 문 두드리는 소리를 듣고 '무엇일까?' 하고, 나가서 문 밖으로 고개를 내어 밀고 휘휘 둘러보았습니다. 바깥은 캄캄한 . 밤중인데다가 눈이 어두워서, 더 캄캄할 뿐이었으나, 올빼미는 밤중일수록 더 잘 보이므로, 포수가 나오는 것을 보고 후닥닥 뛰어 달려들어서 날개로 얼굴을 쳤습니다.

"이크! 이게 무얼까?"

문을 얼른 닫고 돌아서면서,

"앞에는 무언지 이상한 놈이 있는 모양이니 뒷문으로 나가야겠군."하고, 뒷문으로 돌아 나갔습니다.

그러나 올빼미는 '포수가 필시 이번에는 뒷문으로 나오리라.' 하고, 벌써 뒷문 밖으로 돌아가 있었습니다. 그런 줄을 모르고 포수가 뒷문으로 나서니까 이번에도 또 화닥닥 달려들어 얼굴을 쳤습니다. 날개가 눈에 스쳤던지 아뜩해져서 포수는 그냥 쓰러지면서 눈에서 눈물이 줄줄 흘렀습니다. 그 통에 올빼미는 급히 날아서 숲으로 돌아와 보니까 자라는 낑낑대면서 죽을힘을 들여가며 끈을 끊고 있는 중이었습니다.

"여보게, 이때껏 못 끊었나?"

"끈이 어떻게 굵은지……. 그래도 간신히 하나는 끊었는데 인제 나머지하나를 마저 끊는 중일세. 포수는 어찌 되었나? 아직은 오지 않겠지?"

"포수는 염려 없네. 그렇지만 인제 곧 날이 밝게 되었으니까 얼마 안 있어 올라올 것일세……. 날만 밝으면 내 눈은 영 보이지를 않으니까 꼼짝 못하게 된다네. 그 끈이 얼른 마저 끊어져야 할 텐데……."

"염려 말게. 내 이가 부러지더라도 끊고야 말 터이니."

하고, 이렇게 동무를 위하여 힘과 재주를 다 써 가며 애를 썼습니다. 기어코 날은 밝았습니다. 벌써 포수가 손에 몽둥이를 들고 올라옵니다.

큰일 났습니다. 끈은 채 끊지도 못하고, 자라는 달아날 재주도 없고 올빼미는 눈이 보이지를 않고…….

"인제는 큰일 났구나."

하고, 사슴은 마지막 기운을 다하여 몸부림을 하였습니다. 그러니까 자라가거의 다 끊어 놓은 것이라 끈이 탁 끊어지자, 옳다구나 하고 사슴은 후닥닥 뛰어 달아났습니다.

'에그, 저를 어쩌나! 덫에 걸려 있던 사슴을 놓쳐 버리다니!'하면서, 포수는 사슴 달아나는 것을 보고 분해하였습니다. 그러나 그 대신 날이 밝았으므로, 눈이 보이지를 않아서 달아나지도 못하고, 어릿어릿하는 올빼미와 걸음이 느려서 꾸물꾸물하고 있는 자라를 잡아가지고, '에에, 사슴을 놓친 대신, 이놈을 잡아서 덜 섭섭하다.'하면서 집으로 돌아왔습니다.

사슴은 다행히 살아오기는 왔으나, 자기를 살리려고 애를 쓰던 올빼미와자라가 포수에게 잡혀 가서 큰 변을 당할 일을 생각하니까, 잠시도 마음이 놓이지를 않아서 위험한 것도 생각하지 아니하고 다시 포수의 집으로 왔습니다. 들창 밖에서 가만히 들여다보노라니까 포수는 올빼미와 자라를 새끼줄로 친친 감아서 들고,

"이렇게 매 두었다가 내일은 잡아먹어야지……."

하면서 벽을 향하고 일어서서,

'어디 걸어 놓을 못이 없나?'

하면서 눈이 어두우니까, 손으로 벽을 문대면서 못을 찾습니다.

'옳지!'

하고, 사슴은 자기의 두 뿔을 들창 안으로 쑥 들이밀었습니다.

'옳지, 훌륭한 것이 있구먼.'

하고, 눈 어두운 포수는 그것이 사슴의 뿔인 줄 모르로 이쪽 뿔에는 올빼미를 걸고, 저쪽 뿔에는 자라를 걸어 놓았습니다.

사슴은,

'인제 되었다'

하고, 두 뿔에 두 동무를 건채로 그냥 뛰어 달아났습니다. 포수가 깜짝 놀라 문 밖으로 뛰어나왔을 때에는 사슴은 벌써 어디까지 뛰어갔는지 알 수도 없었습니다.

숲 속에 와서 사슴은 두 동무의 묶인 것을 풀어 주었습니다. 그리고 이후부터는 더욱 더욱 친절히 지내고, 서로 서로 도와갈 일을 약속하고 하나는 숲으로, 하나는 연못으로, 하나는 절 지붕 위로 제각각 쉬러 돌아갔습니다.

벚꽃 이야기

오래 된 여러 백 년 된 옛날이었습니다.

한적하고 고요한 시골에서만 자라는 나이 어린 사람들에게는, 늘 이야기로만 듣는 서울이 그립고, 그 서울에 있다는 모든 것, 모든 곳이 모두 그리웠습니다.

그 중에도 가장 그리운 것은, 서울을 안고 있다는 서울의 삼각산이었습니다.

세모가 져서 삼각산인지, 세 봉우리가 있어서 삼각산인지……. 이름부터 부르기 좋고, 듣기 익은 좋은 산이었습니다. 그리고 그 산에는 얼마나 좋은 숲이 있고, 골짜기가 있을 것이며, 그 골짜기마다 얼마나 좋은 절이 있고, 얼마나 깨끗한 물이 흘러내릴까…….

"아아, 삼각산! 서울의 삼각산!"

하고, 친한 사람이나 같이 그리워하였습니다.

소원을 이룰 때가 되었습니다.

이야기로만 듣던 서울, 꿈에만 보던 삼각산을 보려고, 기어코 열세 살, 열네 살 또래의 어린 소년 스물한 사람이 일행을 지어, 멀고도 먼 길을 더듬어 올라갔습니다.

피곤한 것도 잊어버리고, 사흘 낮, 나흘 밤, 서울 장안 구경을 마치고, 그들이 동소문 밖 삼각산을 찾아들었을 때, 얼마나 반갑고 기꺼웠겠습니까.

따뜻한 봄 하늘 아지랑이 저 편에 우뚝 솟은 바위의 위엄! 그것은 하루 같이 장안을 내려다보고 있는 이 산의 얼굴같이 반갑게 보였습니다. 골짜기마다 흘러내리는 맑은 물과 숲 사이마다 방긋이 웃는 두견화! 그들은 속 모르게 깊고 큰 이 집의 귀여운, 규ㅏ여운 손자 애, 손녀 애같이 사랑스러웠습니다.

길도 없는 등성이를 넘어만 가면 경치가 변하고, 흘러오는 물줄을 거슬러한 굽이 휘돌면 딴 세상이 배포되어 있어, 그립던 어머니 품에나 안긴 것같이 기쁨에 만취하였습니다.

저녁때가 되었습니다. 장안 사관(여관)으로 돌아갈 일을 생각하고, 산중에서 걸어 나와 어귀에까지 나왔을 때, 일행을 세어 보니까, 큰일 났습니다.

한 사람이 빠지고 없어서 스무 사람밖에 되지 않았습니다.

"웬일일까? 웬일일까?"

서로서로 얼굴만 쳐다보았으나, 산 속에서 일행에 빠졌다가 이내 따르지 못하고 산 속에서 혼자 찾아 헤매고 있을 것이 분명하다고, 다 각각 속으로 생각하였습니다.

밤이 되더라도 우리가,

"도로 산으로 가서 다 각각 헤어져 이 골 저 골 찾을 수밖에 없다."

여러 사람의 생각은 한결같았습니다. 어두워 오는 산 속이 무섭기도 하고, 위험도 하건만, 어린 마음에도 그들은 동무 한 사람을 남겨 놓고 돌아설 수는 없었습니다.

해가 지고 밤이 되었습니다. 인간 세상과는 딴 세상같이 인적 끊긴 깊은 산 속에 스무 명 어린 사람은 흩어져 헤매었습니다.

달이 밝아서 산기슭 산기슭을 낮같이 비취지만, 그래도 골짜기 깊은 숲속은 마귀의 굴같이 무섭고 컴컴하였습니다.

낮같이 밝은 달밤, 두견화 쓸쓸히 핀 삼각산 기슭 골짜기마다, 나이 어린소년들이 동무 이름 부르며 헤매는 애련한 소리가 처량하게 들렸습니다.

그러나 가엾게도 그 애타는 소리는 저희들 동무의 귀에는 들리지 못하고, 공연히 빈 골짜기에만 헛 울릴 뿐이었습니다.

아아! 저녁도 굶고, 길 서투른 산 속에서 밤이 새도록 동무 이름을 부르는 그들의 소리를 달님도 귀가 있으면, 눈을 가리고 울었을 것입니다.

이튿날이 되었습니다.

점심때가 지나고 또 저녁때가 되었건만, 산 속에 동무를 찾아 헤매는 어린사람들은 동무도 못 찾고, 나아갈 길도 잃어버렸습니다.

가련하게도 기진맥진하여, 더 걷지도 못하고, 더 부르지도 못하고 나무 밑 바위 옆에, 앓는 사람같이 늘어지게 되었으나, 그나마 뿔뿔이 흩어져서 당한 일이라, 스물한 사람이 서로 소식도 모르고 나무밑에 쓰러졌습니다.

가련하고도 참혹한 일로는, 그 후 여러 날 여러 달이 되도록 그 산에서 살아 나온 사람은 아무도 없었습니다.

여름도 지나고, 가을이 되고, 가을 뒤에 겨울이 와서, 삼각산도 골짜기마다 하얀 눈에 덮여서 겨울을 났습니다.

봄이 되니까, 희한하게도 전에 피지 않던 잡목나무 가지에 분홍빛 예쁜 꽃이 활짝 피었습니다. 그리고 그 꽃이 골짜기마다 피어서 온 산이 기쁘게 웃는 것 같았습니다.

벌과 나비가 좋아하였습니다. 어느 틈에 전에 없던 꽃이 이렇게 예쁘게 피었을까 하고, 기쁨을 이기지 못하여 미친 듯이 펄펄 뛰었습니다. 그러다가, 한 나무 꽃가지에 앉아 쉬고 있었습니다. 그 때, 나비는 꽃의 탄식을 들었습니다.

무슨 일로 이렇게,

"예쁜 꽃이 탄식을 그렇게 하오. 이야기나 해 보구려"

하고, 나비는 꽃을 달래려고 말을 걸었습니다.

"그런 게 아니라, 나는 작년 봄에 동무들과 이 삼각산 구경을 왔다가 동무를 잃어버리고, 동무를 찾다 죽은 혼이라오. 이 나무밑에서 죽어서 내혼이 이렇게 꽃이 되어 나왔는데, 그 때 같이 왔던 스무 명 동무는 그 뒤에 어떻게 되었는지 궁금해서 그런다오."

나비는 그 말을 듣고 슬퍼하였습니다. 그러나 그 옆의 골짜기의 나무에 가서도 그런 탄식을 들었습니다. 그래 나비는,

"옳지 옳지, 그 스물한 명이 모두 서로 소식을 모르고 이렇게 꽃이 되었구나."

생각하고, 소식을 전해 주었습니다. 나비가 전하는 소식을 듣고 꽃들은,

"오, 그러면 우리 동무 스물한 사람이 다 같이 죽어서, 다 같이 꽃이 되어, 지금 이 산에 같이 피어 있구나." 생각하였습니다.

그 뒤로는 늘 나비와 벌의 힘을 빌려, 서로 소식을 전하고 있다가, 꽃이질 때가 되면, 서로 공론하고, 일시에 와짝 져버렸습니다.

제일 짧은 동화

제일 짧은 동화 — 이것은 골라내기가 퍽 어렵습니다. 내가 기억할 수 있는 이야기 중에서 두어 개만 고르면, 이런 것이 있습니다.

1. 촛불

네모 반듯한 방 속에 초를 열두 개를 세우고, 모두 불을 켜 놓아서, 방 안이 몹시 밝았습니다. 첫째 촛불을 훅 불어 껐습니다. 열한 개 남았습니다.

또 하나 껐습니다. 열 개가 남았습니다. 또 하나 또 하나 껐습니다. 여덟 개가 남았습니다. 그 다음 그 다음 차례차례로 껐습니다. 인제 다섯 개가 남았습니다. 또 네 개를 더 껐습니다. 단 하나 남았습니다. 마지막 하나를 마저 끄니까, 방안이 캄캄해졌습니다. 이것이 끝입니다.

그러나 이것은 영국이던가? 독일이던가〉 분명히 외국 것입니다. 조선 것으로 짧은 것은 이런 것이 있습니다.

2. 이상한 실

어느 시골 산 밑 동네에 바느질 잘 하고, 수 잘 놓는 어여쁜 처녀가 있는데, 수를 놀 때마다 붉은 실, 노란 실 또는 파란 실, 초록 실을 이로 물어서 툭툭 끊게 되는 것이 자기 생각에도 미안하였습니다. 하루는 아기 버선에 꽃수를 놓고 나서, 남은 실을 이로 물어 끊었는데, 그 실 끝이 혀끝에 매어 달려서, 영영 떨어지지를 않습니다. 잡아 당겨도 소용없고, 질겅질겅 씹어 뱉아도 영영 떨어지지 않고, 그냥 매달려 있고, 가위로 실을 잘라 버리면, 하룻밤만 자고 나서 그 이튿날 아침에 보면, 역시 전처럼 또 기다랗게 되어 있습니다.

이야기를 할 때는 혀끝에 매달린 채 흔들거리고, 밤에 잠을 잘 때도 떨어지지 않고, 밥 먹을 때와 물 먹을 때만 손으로 떼이면 떨어지지만, 다 먹고 나면, 어느 틈에 다시 와서 혀끝에 붙고 붙고 하였습니다.

그래서 차차 자라서 시집을 갈 때가 되었건마는, 그것 때문에 가지를 못하고 있었습니다.

처녀가 열여덟 살 되던 해 봄이었습니다. 처녀가 꽃구경도 갈 겸 약물터로 물을 먹으러 가서, 물을 떠먹으려고, 혀끝에 달린 빨간 실을 떼어서, 물터 옆 꽃나무 가지에 걸어 놓았습니다. 그랬더니, 어디서 날아 왔는지, 새파란 어여쁜 새 한 마리가 꽃나무에 와서 앉았다가, 그 새빨간 실을 물고, 후르륵 날아가 버렸습니다.

그래서 다시는 그 실이 돌아오지 못하여, 처녀는 그 해 늦은 봄에 어여쁜 신랑에게로 시집을 갔습니다.

양초 귀신

대단히 더운 날이니, 슬픈 이야기보다도 무서운 이야기보다도, 우습고, 우습고 허리가 아프게 우스운 이야기를 하나 하지요.

옛적 아주 어수룩한 옛적에 시골 양반 한 분이 서울 구경을 왔다가, 불만 켜 대면 온 방안이 환하게 밝아지는 초를 처음 보고, 어찌 신기한지 많이 사가지고 내려가서, 자기 동네의 집집마다 찾아가서, 서울 구경 이야기를 자랑삼아 하고, 서울 갔던 표적으로 그 신기한 양초를 세 개씩 나눠 주었습니다.

동네 사람들은 그 처음 보는 물건을 받기는 받았어도, 무엇하는 것인지, 어떻게 쓰는 것인지 알지를 못하여, 퍽 갑갑해 하였습니다. 그러나 사다준 사람에게 새삼스럽게 물어 보기는 부끄러우니까, 물어 보지도 못하고, 저희들끼리만 이 집 저 집 찾아다니면서, 서로 물어 보았으나, 한 사람도 그 하얗고 가늘고 깰쯤한 것이 무엇하는 것인지를, 도무지 알지 못하였습니다.

그래, 하다, 하다 못하여 젊은 상투쟁이 다섯 사람이 그것을 손에 들고, 그 동네에서 아는 것 많기로 유명한 글방 선생님께로 물으러 갔습니다.

"선생님! 이번에 뒷마을 사는 송 서방이, 서울서 이런 것을 사 가지고 와서, 서울 갔던 표적이라고, 집집에 세 개씩 주었는데, 선생님 댁에도 이런 것을 가져왔습더이까?"

"응, 가져오구 말구. 우리 집에는 아홉 개나 가져왔다네."

"예에, 선생님께는 특별히 많이 가져왔습니다그려……. 그런데 저희는 이것이 무엇인지, 무엇에 쓰는 것인지 알 수가 있어야지요. 그래서 무엇에 쓰는 것인지 여쭈어 보러 왔습니다."

"그까짓 것도 모르는 사람이 있단 말인가. 죽게, 죽어 버리게, 죽는 게 옳으이……."

"예 죽더라도 시원히 알기나 하고 죽겠으니, 제발 좀 가르쳐 줍시오."

"아무리 무식한 사람이기로 그것도 모른단 말인가. 그것이 국 끓여 먹는 것이라네. 서울 사람들은 그 걸루 국을 끓여 먹어요."

"허허, 그 걸루 국을 끓여요? 맛이 있을까요?"

"맛이 있구말구……. 맛이 없으면 서울 사람들이 먹을 리가 있겠나…….

맛 좋고 살찌고 아주 훌륭한 것이라네."

"대체 이것이 무엇인데, 그렇게 맛이 좋고 몸에 이롭습니까?"

"백어라고 물 속에 있는 생선을 잡아 말린 것이야."

"이상한 생선도 많습니다. 눈깔도 없고 이 앞에 요 뾰족한 것(심지)은 무엇입니까?"

"눈깔이 원래 없는 생선이야……. 그래서 더욱 귀하다는 것이라네. 그 뾰족한 것은 주둥이가 아니고 무언가?"

"이 밑에 있는 이 구멍은 무엇입니까?"

"그것은 똥구멍이지 무어야."
"네에 네, 알았습니다. 말씀을 듣고 보니, 참말 생선 말린 것입니다그려……. 대체 서울 사람들은 별 생선을 다 잡아먹는군요."
"그러게 서울이 좋다는 게 아닌가."
"그래, 이것으로 국을 어떻게 끓입니까?"
"허허, 무식한 사람이라 갑갑도 하군……. 물을 끓이고 이것을 칼로 커다랗게 썰어 넣고, 간을 쳐 먹는 것이 아닌가!"
"그게 그렇게 맛이 있을까요?"
"맛이 있구말구……. 자아, 이왕이면 오늘 우리 집에서 끓여 먹어 보고가게"
이 선생 영감이 애초에 모르는 것은 모른다고 하였으면 좋을 것을, 자기도모르면서 가장 아는 체하고, 집안사람들을 불러서, 물을 끓이게 하고, 간장을 치고, 파를 썰어 넣고, 그리고 초를 얇게 썰어 넣어 펄펄 끓여서 대접에 여섯 그릇을 내어 왔습니다.
"자아, 먹어 보게. 맛만 보면 반할 것이니……."
"글쎄올시다. 그렇게 좋은 음식을 먹으면, 속이 장하게 놀라겠습니다."
"잔말 말고 어서 먹어 보게. 나는 작년에 서울 갔을 때 먹어 보고 오늘처음 먹네."
그런데, 다섯 상투쟁이가 그것을 먹으려고 보니까, 초를 끓인 까닭에, 하얗고 번쩍번쩍하는 기름이 둥둥 떠 있었습니다.
"아이구, 이것 이상스런 기름이 떠 있습니다그려. 무엇입니까?"
"아따, 그놈들 시골 놈들이라 무식한 소리만 하는구나. 좋은 국일

수록 기름이 많은 법이라네. 쇠고깃국도 잘 끓이면, 기름이 많지 않은가……. 백엇국도 기름이 많아서, 먹으면 살찌는 것이라네. 내가 아까부터 살찌는 것이라고 안했나."

또, 무어라고 하면, 시골 놈이라고 흉잡힐까 봐, 냄새가 나는 것도 억지로 참으면서, 꿀꺽꿀꺽 먹었습니다. 먹고 보니, 목구멍이 매캐하고, 쓰라린 것 같았습니다.

그래 참다. 못하여,

"아이구 서울 음식은 모두 이렇게 목구멍이 아픕니까? 아파 죽겠습니다."

"허허, 상놈의 목에 양반의 음식이 들어가니까 그렇지. 잠자코 먹게 그려."

여러 사람은 그만 말도 못하고 목이 아파서, 입을 딱딱 벌리고, 씩씩 하고 앉았는데, 선생 영감은 남보다도 더 목구멍이 아파 죽을 지경이지만, 남이 부끄러워 입도 못 벌리고, 쩔쩔매고 앉았습니다.

그러자, 그 때에 정말 서울 가서 초를 사 온 송 서방이 이 집에 왔습니다.

여러 사람이 하도 반가워서,

"아이고, 마침 잘 오십니다. 당신이 그 때 갖다 준 백어로 오늘 국을 끓여 먹었더니, 목이 이렇게 아파서 죽겠소이다. 그게 원래 아픈 것인가요?"

송 서방이 깜짝 놀라 눈이 둥그레서,

"그것을 먹다께? 먹는 것이 아닌데……."

여러 사람은 먹는 것이 아니라는 말을 듣고,

“아이그머니, 큰일 났네. 못 먹는 것을 서울 음식이라는 바람에 먹었네그려.”

하고, 야단들입니다.

“그것을 먹는 것이라고, 누가 그렇게 어리석은 짓을 하였단 말인가?”

“누구는 누구야. 저 선생님이 죽어라 살아라. 하면서, 그걸 국을 끓였지…….”

그만 선생의 얼굴이 홍당무같이 빨개져서 방바닥만 내려다보고 앉았습니다.

“그것이 백어가 아니라 불을 켜는 것이라오. 자아, 보시오. 불을 켤 터이니…….”

하고, 성냥불을 그어, 생선 주둥이라 하던, 심지에 불을 켜니, 온 방안이 환해지는지라, 그것을 보고 여러 사람들은,

“에그머니, 우리가 불을 먹었구나!”

하고, 미친 사람같이 날뛰면서, 우리 뱃속에도 저렇게 불이 켜질 터이니, 어떻게 하면 좋으냐고, 당장에 뱃속에 불이 일어나는 것처럼 펄펄 뛰면서,

“아이그머니, 불야!”

“아이그머니, 배가 타면 어찌하나!”

하고, 우는 듯싶은 소리로 야단 야단하였습니다. 그러나 그 중에서도 새빨간 얼굴을 푹 숙으리고 앉았는 선생은, 다른 사람들보다도 더 겁이 났습니다. 그래 생각하면 할수록, 자기 뱃속에 불씨가 들어가 있는 생각에 마음이 조급해서 별안간 소리를 지르며, 뱃속에

"불이 일어나기 전에, 물속으로 뛰어 들어가자."

하면서, 제일 앞장을 서서 뛰어나가, 마을 뒤 냇가에 가서, 모두를 옷을 훌떡훌떡 벗어 버리고, 물속으로 풍덩풍덩 들어가서, 모가지만 물 위에 내어놓고, 불이 안 나도록 몸을 물속에 잠그고 있었습니다.

달이 환하게 밝은 밤이었으나, 늦게 지나가는 나그네 한 사람이 그러지 않아도 냇가를 혼자 지나가기가 겁이 나는데, 냇물 위에서 지껄지껄하는 소리가 나므로, 깜짝 놀라 달빛에 자세히 보니까, 냇물에 사람의 대가리만 수박같이 둥둥 떠 있습니다. 그래,

"옳지 저놈들이 도깨비로구나……. 도깨비는 담뱃불을 무서워한다더라."하고, 부리나케 담배를 담아 물고, 담뱃불을 붙이노라고, 성냥불을 드윽 그었습니다. 물속에 있는 선생과 상투쟁이들은, 뱃속에 있는 초에 불이 안 일어나도록 물속에 있는데, 나그네가 성냥불을 그으니까, 그 성냥불 때문에 자기네 뱃속에 있는 초에 불이 켜질까 겁이 나서, 죽을 둥 살 둥 모르고 소리치면서,

"여보게, 저놈이 성냥불을 그어, 우리 뱃속의 초에 불을 켜려고 하니, 모두 머리까지 물속에 잠기게. 큰일 나네."

하고, 모두 머리와 얼굴까지 물속으로 잠겨 버리고 말았습니다.

나그네는 그런 줄을 모르고, 냇물 위에 수박 같은 도깨비 대가리만 없어진 것을 보고,

"대체 도깨비란 놈들이 담뱃불을 제일 무서워 하는군……."

하고, 지나가 버렸습니다.

막보의 큰 장사

1

어수룩하고 , 사람 좋고, 어리석어 터진 사나이가 있었습니다.

이름도 우습게 막보라 하였습니다.

어느 날 암소를 장에 끌고 가서, 십 원에 팔아가지고 돌아오는데, 연못 속에서 개구리들이 '개울, 개울, 개울' 하고 자꾸 울었습니다. 막보는 그 소리를 '구 원, 구 원' 하는 소리로 듣고, 혼자 투덜투덜하였습니다.

"저놈들이 알지도 못하고, 저런 소리를 하네. 내가 얼마에 팔았는지 알지도 못하면서, 가장 아는 체하고, '구 원 구 원'이 무어야. 이놈들아, 구원이 아니라 십 원 이란다, 십 원이야……." 하면서, 연못 옆에까지 가까이 오니까, 또 물속에서, '개울, 개울, 개울'하였습니다.

막보는 화를 내면서,

"저 못난 놈들이 그대로 구 원이라네. 이놈들아, 구 원밖에 모르니? 십 원이란다, 십 원……."

하고, 소리를 질렀습니다. 그래도 개구리들은 '개울, 개울, 개울' 하고 울었습니다. 막보는 그만 골이 나서,

"오냐! 그렇게 거짓말인 줄 알면 세어 보여 주마. 너희 보는 데서 세어보마."

하고, 털썩 주저앉아서, 암소 판 돈 십 원을 꺼내 들고, '일 원, 이 원' 하고 세어 보였습니다. 그러나 그대로 개구리들은 물속에서 '개울, 개울, 개울' 하고 울었습니다.

'에잇' 하고, 막보는 모자를 벗어 던지고 벌떡 일어나서, 악을 쓰면서,

"이놈들아, 그래도 못 믿거든 너희 손으로 세어 보려므나. 십 원이 아닌가……."

하고, '일 원! 이 원! 삼 원!' 하고 하나씩 하나씩 연못 물 속에 퐁당퐁당 넣어 버렸습니다.

물속에서는 여전히 '개울, 개울' 하고 울 뿐이었습니다.

"암만 구 원 구 원 하고 헤어 보려무나. 십 원이 못 되는가?"

하고, 막보는 다시 털썩 주저앉아서 개구리들이 돈을 다 헤이고 도로 내다주기를 기다리고 있었습니다.

그러나 아무리 오래 기다리고 앉았어도 개구리들은 '개울 개울' 하고, 울기만 할 뿐이고 돈을, 다시 내다 주지 않습니다. 얼마나 오래 기다렸는지벌 써 해가 지고, 허리가 아파서 못 견디게 되어서, 사람 좋은 막보는 그만 골이 벌컥 나서 욕을 퍼붓기 시작하였습니다.

"이 연못지기! 깡충 깡충이! 콩알 눈의 올챙이새끼! 이놈들아, 너희 놈들이 암만 그렇게 메기 주둥이를 벌리고 떠들고, 남을 놀려도, 그까짓 돈 십 원도 못 헤이는 못난이가 왜 구 원 구 원 하고,

나를 놀리느냐 말야……. 너희들이 돈 십 원을 못 헤이고, 암만 '구 원 구 원' 하면, 내가 밤중까지라도 기다리고 있을 듯싶으냐?"

하고, 벌떡 일어나서, 아주 시원스럽게 휘적휘적 가 버렸습니다. 그래도 개구리들은 뒤에서 '개울, 개울, 개울' 하고 소리들을 지르므로, 막보는 골이 머리 끝까지 올라서, 제 주먹으로 제 머리를 탕탕 때리면서 돌아갔습니다.

2

사흘이 지난 후에 막보는 소를 한 마리 샀습니다. 이번에는 그 소를 잡아서 고기를 팔 작정이었습니다.

예산대로 잘 팔리면, 고기만 팔아도 소를 두 마리를 살 만한 돈이 생기고, 그 외에 쇠껍질은 그저 남게 되는 판이었습니다.

그래, 막보가 쇠고기를 짊어지고 장터로 가노라니까, 그 동네 개들이 수없이 많이 따라 나와서, 고기 냄새를 맡느라고 야단이고, 그 중에도 제일 큰 사냥개가 앞장서서 고기 주머니를 물어뜯으려고, '멍 멍 멍' 하고 짖으면서 기승을 피었습니다.

암만 쫓아도 가지 않고 애걸 애걸하는 것을 보고, 어수룩한 막보는 사냥개를 보고,

"웅, 알아들었다. 네가 이 고기를 자꾸 달라고 조르지만, 이 고기는 돈을 안 받고는 줄 수가 없단다."

그래도, 개는 또 '멍 멍 멍' 하고 짖었습니다.

"오오, 그럼 저렇게 많은 네 동무들이 먹을 고기 값도 네가 내겠단 말이지."

하고, 막보는 개를 보고 뒤를 다졌습니다. '멍 멍 멍' 하고 또 짖었습니다.

"오오, 네가 그렇게까지 말하니, 내 고기를 팔마……. 나는 너를 잘 알뿐 아니라, 너희 집 주인까지 잘 알고 있는 터이니까, 특별히 외상으로 파는 것이다. 그러나 꼭 사흘 안으로 가져와야 한다. 안 가져 오면, 내가 야단을 칠 테니까……. 꼭 사흘 안으로 집으로 가져 오너라."

막보는 이렇게 단단히 일러 놓고는, 아주 마음 놓고, 고기를 거기다 모두 풀어헤쳐 놓고, 시원스런 걸음으로 돌아갔습니다. 개들은 '이게 웬 떡이냐?' 하고, 와르르 달려들어 기운껏 양껏 뜯어먹었습니다. 막보는 멀리서 그것을 돌아다보고, "단단히 믿는다. 여럿이 모두 덤벼 먹더라도, 고기 값일랑은 그 중 큰 사냥개가 내야 한다."

하고, 큰 소리로 일렀습니다.

사흘이 지났습니다. 막보는,

"오늘 소 한 마리 고기 값이 들어올 터이로구나."

하고 좋아하면서, 기다리고 있었습니다. 그러나 온종일 그 날 해가 지도록 허리가 아프게 앉아서 고대 고대하여도, 아무도 돈을 가져오지 않았습니다.

막보는 그만 골이 나서 주먹을 휘저으면서,

"에이, 내가 인제 어느 놈이든지 신용을 하나 보아라."

하고, 혼자 빙빙 돌아다녔습니다.

그 이튿날 막보는 날이 채 밝기도 전에 장터로 뛰어가서, 사냥개 임자의집에 가서 문을 두드리고 자는 주인을 불러내어, 고기 값을

내라 하였습니다. 사냥개 임자는 무슨 까닭을 몰라서, 어리둥절할 뿐이었으나, 막보는 천연스럽게,

"그렇게 시치미를 떼지 말고 돈을 내어요. 사흘 전에 당신 집 사냥개가, 사흘 안으로 돈을 꼭 가져온다 하고 소 한 마리 잡은 고기를 모두 먹었으니, 어서 그 고기 값을 내어요."

하고, 조르는 소리를 듣고, 그 임자는 그만 허리가 끊어지게 배를 안고 웃더니, 나중에는 미친놈이라고 작대기로 두들겨 쫓아 버렸습니다.

막보는 분하기 짝이 없어서, 주먹을 휘두르면서 한참이나 떠들다가, 나중에는,

"안 내고 견디나 보아라. 내가 임금님께 재판을 걸어서라고 받고야 말 터이니."

하고, 그 길로 대궐로 뛰어가서 호소를 하였습니다.

3

막보는 임금님 앞으로 불리어 갔습니다. 임금님은 꿇어 엎드린 막보를 내려다보시고, 여러 가지를 물으신 후에,

"그래 어떻게 속았단 말이냐?"

하고, 물으셨습니다. 막보는 시키지도 않는 절을 자꾸 하면서,

"예 예, 개구리라는 놈하고 개라는 놈이 제 밑천을 다 집어먹고, 개 임자라는 놈은 내라는 돈은 안 내고, 몽둥이만 냈답니다."

하고, 처음부터 끝까지 자세하게 여쭈었습니다.

그러니까, 그 때에 임금님 옆에 섰던 꽃같이 잘 생긴 왕녀님이 듣고 있다가, 별안간에 부끄럼도 모르고, 깔깔깔 소리를 지르고 웃

었습니다.

그러자, 그것을 보시고 임금님도 따라 웃으시면서,

"오늘은 그 재판을 해 줄 수는 없으나, 그 대신 너는 오늘부터 내 사위가 되게 되었다. 이 아기는 날 적부터 이날 이때까지 한 번도 웃어 보지를 못해서, 누구든지 이 아기를 웃기는 사람이 있으면, 그 신랑을 삼아 내 사위를 삼겠노라고 약속을 했는데, 오늘까지 아무도 웃기는 사람이 없더니, 오늘 네가 처음 웃겼으니, 너는 참말 복 많은 사람이다." 하셨습니다.

막보는 또 시키지도 않는 절을 자꾸 하면서,

"에그머니! 그것만은 제발 용서해 주십시오. 저희 집에도 마누라가 있는데, 마누라 하나도 잘 먹여 살리지 못해서, 주체를 못 하는데요. 마누라를 또 얻어요. 제발 그건 용서……."

하는 소리를 들으시고 화를 내시면서,

"이 무례한 놈아!"

하고, 크게 꾸짖으셨습니다.

"에그머니, 제발 살려 주십시오. 죽여도 장가는 또 못 들겠습니다. 시골 놈이 그저 그렇지요. 살려 주십시오."

하고, 큰일 난 듯이 애걸 애걸하니까,

"그럼, 가만 있거라."

하시고, 임금님은 한참이나 무엇을 생각하시더니, 다시,

"그럼, 너에게는 그 대신 다른 상을 줄 것이니, 오늘은 그냥 돌아가고, 사흘 후에 다시 오너라. 그 때 오백 금상을 줄 것이니……." 하셨습니다.

"네, 그저 고맙습니다."

하고, 또 절을 자꾸 하고 돌아갔습니다.

4

막보가 기쁨을 참지 못하여 좋아하면서, 대궐 문으로 나오노라니까, 문지기가 불러 가지고 이렇게 수작을 건네었습니다.

자네는

"왕녀님을 웃기었으니까, 상금을 많이 타겠네그려."

"응, 당신 말씀같이 많이 타게 되었소. 오백 금을 주신 답니다."

"응 오백 금! 수가 났네그려. 그럼, 그 중에서 다만 얼마간이라도나 좀 주게 그려. 자네 혼자서는 그 돈을 주체를 못할 것이니까……."

"응, 그러지. 그럼 당신에게 이백 금을 드릴 것이니, 사흘 지나거든 임금님께 그렇게 여쭙고, 받아 가지시오 그려."

선선하게 대답하고는 활활 가 버렸습니다.

그러니까, 아까부터 막보와 문지기와 두 사람의 이야기를 듣고 섰던 욕심쟁이 양반 한 사람이, 부리나케 쫓아와서, 막보의 소매를 붙잡고 이렇게 말했습니다.

"자네는 놀랍게 복이 많으이 그려. 그렇게 큰 돈을 어떻게 쓰나? 내가 잔돈으로 바꿔 줌세. 어떤가? 좋지 않은가?"

"네, 그러시오. 바꾸고말고요. 그럼 삼백 금이 남았으니, 잔돈으로 삼백 금을 주시오. 그리고 사흘 후에 임금님 앞에서 삼백 금 돈을 찾아가시오 그려."

엉큼한 욕심쟁이는 헌 돈(값나가지 않는 싼 돈)을 주고 새 돈 삼백 금을 바꾸면 크게 이익이 되겠으니까, 그리한 것이었습니다. 그래 속으로 '옳다 되었다!' 하고 좋아하면서, 헌 돈을 삼백 금 갖다 주었습니다. 실상은 백금어치도 못 되는 것이건마는, 어수룩한 막보는 그것을 받아 가지고 활갯짓을 하면서, 커다란 걸음으로 갔습니다.

5

사흘이 지나서 막보는 약속대로 임금님께로 갔습니다. 임금님은 막보를 보시고 시종에게 명령하시되,

"이 무례한 놈을 웃옷을 벗기고, 금 채찍으로 오백 대만 때려 주어라."하셨습니다.

상금 오백 금을 주실 줄 알고 있던 막보는 깜짝 놀라, 또 절을 자꾸 하면서,

"아 아니올시다. 그것은 벌써 제 차지가 아니올시다. 그 날 나갈 때에 그중 이백 금은 문지기에게 주기로 하고, 또 나머지 삼백 금은 저기 들어오는 저 양반에게 주기로 하였으니까, 그것은 그 사람들의 차지올시다. 제 차지라고는 하나도 없답니다."

하고 여쭈었습니다. 그 판에 문지기와 욕심쟁이 양반이 제각각 돈을 찾으려고 어슬렁어슬렁 들어왔습니다. 그러나 돈은커녕 그 수효만큼 채찍으로 얻어맞게만 되었습니다. 시종은 먼저 문지기를 붙들어 웃옷을 벗기고, 이백 대를 때리는데, 문지기는 그래도 잠자코 맞는데, 욕심쟁이 양반은 삼백 대를 맞는 동안, 울고불고 갖은 발

광을 다 부리면서 얻어맞았습니다. 오백 대때리기가 끝난 후 임금님은 다시 막보를 부르셔서,“

너는 상을 타기도 전에 남에게 주는 착한 사람이니, 그 상으로 내 광에 가서 네 힘으로 가져갈 수 있을 만큼 돈을 꺼내 가거라.” 하셨습니다.

막보는 이게 웬 땡이냐 하고는 곧장 곳간으로 뛰어가서, 값 많은 금전을 호주머니에 가득 집어 넣어가지고 나왔습니다.

욕심쟁이 양반은 매만 삼백 대를 죽도록 얻어맞은 것이 분하여서, 그 분풀이를 하려고, 막보의 뒤를 따라갔습니다. 막보는 뒤에서 누가 듣는 줄도 모르고, 가면서 혼자 중얼거렸습니다.

“그 능청스런 임금님이 사람을 잘 골리는걸……. 오늘도 자기 손으로 집어 주지 않고, 내 손으로 집어 가라고 한 것이 무슨 꿍꿍이 속인 줄 모르겠는걸……. 대관절 이놈의 돈이 가짜 돈이 아닌지 모르겠다.”

이렇게 하는 소리를 듣고 욕심쟁이 양반은,

“옳다, 되었다! 저 말을 임금님께 가서 여쭈면, 나는 상금을 타고, 저놈은 벌을 받을 것이다.”

그 길로 대궐 안으로 뛰어가서 임금님께,

“지금 그 막보란 놈이 임금님 욕을 함부로 하는 것을 들었습니다.”고 여쭈었습니다. 그 말을 들으시고, 임금님은 대단히 노하셔서,

“그놈을 당장에 잡아 오너라.” 하셨습니다.

욕심쟁이는 소원 성취나 한 것처럼 신이 나서, 급한 걸음으로 막

보에게 가서,

“임금님이 오라 하시네. 또 무슨 수가 생기는 모양이니 얼른 가보세.” 하였습니다.

그러니까, 막보는 태연하게,

“아니오. 인제는 나도 부자가 되었으니까, 임금님 앞에 가려면 좋은 예복을 입고 가야 합니다. 예복을 만들어 입고 가겠습니다. 나 같은 부자가 이렇게 찢어진 옷을 입고 가겠습니까?”

하고, 일어나지도 아니하므로, 욕심쟁이는 한시바삐 이 놈이 벌을 받는 것을 보고 싶어서, 급급히 굴면서 가장 친절한 체하면서,

“그럼, 자네하고는 친한 터이니, 내가 입고 있는 이 새 웃옷을 빌려 줌세. 이것을 입고 어서 가세.”

하면서, 새로 만들어 입은 웃옷을 벗어서 막보에게 주었습니다.

막보는 좋아서 그 옷을 , 받아 입고, 아주 점잖은 걸음으로 욕심쟁이의 뒤를 따라 대궐로 들어갔습니다.

임금님은 막보를 보시더니, 얼굴을 찡그리시면서, 욕심쟁이에게 들은 말을 그대로 하시고, 큰 소리로,

“이놈아, 네가 무슨 일로 그런 욕을 하였단 말이냐? 말을 하여라! 목을 베일 터이다.”

하시는 것이, 당장에 큰 벼락이 내릴 것 같았습니다. 막보는 한참이나 머리를 긁으면서, 쩔쩔매다가 한참만에야,

“아니올시다. 제가 나쁜 말씀을 할 리가 있겠습니까? 저놈이 하는 말은 모두 거짓말이올시다. 저놈처럼 거짓말을 잘 하고 엉큼스런 놈은 없습니다.

저 놈은 아무나 보고, 남의 좋은 옷을 입은 것을 보면, 제 옷이라고 엉큼스런 거짓말을 하는 놈이올시다. 지금 이렇게 좋은 새 옷을 입었지요. 이것도 조금 있으면, 자기 옷이라고 떼를 쓸 엉큼한 놈입니다."

하고, 욕심쟁이를 손가락으로 가리키며 여쭈었습니다. 그러니까, 욕심쟁이양반이 하도 기가 막혀서 달려들면서,

"무엇이 어째? 이놈아, 네가 지금 입고 있는 것이 내 옷이 아니고 무엇이냐. 남의 새 옷까지 떼어 먹으려고 그러느냐?"

하고, 야단을 쳤습니다. 그것을 보고 막보는 능청스럽게,

"그저 그렇지. 네 옷이라고 떼를 쓸 줄 알았다……. 자아! 이놈 좀 보십시오. 임금님 앞에서도 이렇게 남의 좋은 옷 입은 것을 보면, 제 옷이라고 거짓말을 하는 놈이올시다. 이놈의 말을 정말로 들으셨습니까?"

"무엇이 어째? 이놈아! 네가 임금님 앞에 가려면 좋은 예복을 입고 가야할 터인데, 입을 옷이 없다고 그래서 내가 빌려 준 게 아니고 무어냐?"하고, 욕심쟁이는 악을 썼습니다. 임금께서는 거기까지 들으시더니, 오오 알았다! 하시는 듯이 욕심쟁이를 불러 세우시고, 이렇게 말씀하셨습니다.

"이놈아, 만일 네가 정말로 네 옷을 빌려 주었으면, 그렇게 옷까지 빌려주는 친절한 사이면, 무슨 까닭으로 그 사람의 일을 나에게 일러서, 벌을 받게 하려고 하였느냐? 친절한 체하고 남을 해롭게 하는 것을 보면 네가 나를 속였든지 저 사람을 속였든지 어느 편이든지 속인 것이 분명하다. 네 이놈! 그 상으로 매를 오백 대만

맞고 나가거라."

기어코 욕심쟁이는 붙들려서 울고불고 하면서, 매를 오백 대를 맞고, 막보는 새 옷에 금전을 많이 받고,

"인제는 정말 부자가 되었다."

하면서, 활갯짓을 하면서, 집으로 돌아갔습니다.

두더지의 혼인

기다리던 설이 와서 기뻤습니다. 여러분! 과세나 잘들 하셨습니까? 이번 새해는 쥐의 해니까 이번에는 특별히 쥐에 관계있는 이야기를 하겠습니다.

재미있는 이야기니 조용하게 앉아서 들으셔요.

저 충청도 은진이라는 시골에 은진 미륵이라는 굉장히 큰 미륵님이 있습니다. 온몸을 큰 바위로 깎아 만든 것인데, 키가 60척 7촌(약 18.4m)이나 되어서 하늘을 찌를 듯이 높다랗게 우뚝 서 있습니다.

그 은진 미륵님 있는 근처 땅 속에 땅두더지 내외가 딸 하나를 데리고 사는데, 딸의 얼굴이 어떻게도 예쁘고 얌전하게 생겼는지, 이 넓은 세상에 내 딸보다 더 잘 생긴 얼굴이 또 있을까 싶어서, 이렇게 천하 일등으로 잘 생긴 딸을 가졌으니, 사위를 얻되 역시 이 세상천지 중에 제일 높고 제일 윗자리 가는 것을 고르고 골라서 혼인을 하리라 하고 늘 그 생각만 하고 있었습니다.

그래서 이 친구 저 친구 아무나 만나는 대로 붙잡고는 이 세상에서 제일첫째 가는 잘난 것이 무엇이냐고 물었습니다. 그럴 때마다 모두,

"그야, 이 세상에서 저 파란 하느님이 제일이지요. 하느님보다 더 높고 잘난 것이 어디 있겠습니까?" 하였습니다.

그래서 땅두더지 영감은 보퉁이를 짊어지고 지팡이를 짚어 가며 하느님께로 갔습니다. 먼저 딸 잘 생긴 자랑을 하고 나서,

"하느님께서는 이 세상에 제일 높으신 어른이시니 제 딸과 혼인하시지 않겠습니까?" 하였습니다. 그러나 파란 두루마기를 입으신 하느님은 고개를 좌우로 흔들면서,

"아니 아니, 이 세상에는 나보다도 더 잘난 것이 있다네. 해님께로 찾아가게. 해님이야말로 이 세상을 자기 뜻대로 훤히 밝은 낮도 되게 하고 캄캄한 밤도 되게 하니 그보다 더 잘난 것이 어디 있겠나?"하였습니다. 그 말을 듣고 보니, 딴은 해님이 이 세상에서 제일이겠으므로, 두더지 영감은 하느님께 하직하고 다시 지팡이를 짚고 해님께로 찾아가서 딸 잘 생긴 자랑을 한 다음 혼인하는 것이 어떠시냐고 물었습니다.

그러니까 해님이 하는 말이,

"말을 들으니 고맙기는 하지만, 이 세상에는 나보다 더 잘난 것이 있다네. 내가 아무리 세상을 밝히려고 해도 구름이 와서 내 앞을 가리면 내 힘으로는 도저히 당할 수가 없으니, 구름은 확실히 나보다 잘난 것이 아니겠나. 구름에게로 가서 혼인을 청하는 것이 좋을 것일세." 하였습니다.

딴은 그럴 듯 싶습니다. 해님이 아무리 잘났더라도 구름을 만나기만 하면 숨어버리고 마는 것을 보아도 구름이 더 잘난 것이 확실한데, 구름하고 혼인을 하자니 구름은 원래 정처 없이 여기저기 떠

돌아다니는 것이라, 그 귀여운 딸을 주기는 섭섭하기는 하지만, 그 무엇보다도 이 세상에서제일 잘난 것을 골라 사위 삼으려는 마음이 간절한 그는 그 길로 구름에게로 달려갔습니다.

그 때 구름은 성난 얼굴로 우르릉 우르릉 하고 천둥소리를 지르면서 비를 자꾸 뿌리고 있는 중이었습니다. 두더지 영감이 야단이나 만나지 아니할까하고, 속으로 겁을 내면서 간신히 혼인 이야기를 꺼내고 나서,

"하느님보다 해님이 더 잘난 이인데, 당신은 해님보다도 또 더 잘난 양반이기 때문에 찾아왔으니 제 딸하고 혼인을 하시는 것이 어떻습니까?"하였습니다.

그 말을 듣더니 구름은 비를 뿌리던 것을 멈추고, 두더지 쪽으로 돌아앉기에 두더지는 허락하는 줄 알고 기뻐했습니다. 그랬더니 구름이 빙글빙글 웃으면서 하는 말이,

"그야, 그까짓 해쯤이야 내가 우습게 여기지만, 나보다도 더 잘난 놈이 있다네. 내가 이렇게 해를 숨겨 버리고 비를 많이 뿌려서 세상이 모두 비에 떠내려가게 할 수도 있기는 하지만, 저 바람이란 놈만 만나면 그만 슬슬 쫓겨나게 되네그려. 자네도 보지 않았나? 구름이 암만 많이 쌓여 있어도 바람이란 놈이 오기만 하면 그만 슬슬 몰려서 산산이 헤어져 버리고 마는 것을……. 바람이 우리보다 몇 갑절 더 나으니 바람에게로 가게. 바람은 반드시 혼인할걸세." 하였습니다.

그 말을 듣고 두더지 영감 생각에도 그럴 듯싶어서, 거기서 바람이 오기를 기다리고 있다가 바람이 와서 구름을 다 쫓은 후에 혼

인 이야기를 건네었습니다. 거만스럽고 사나운 줄 알았던 바람은, 그리 거만하거나사납지도 아니하고 부끄러운 듯이 수줍어하는 얼굴로,

“예, 사위를 삼으시겠다는 말씀은 대단히 고맙습니다마는, 저보다도 더 잘난 것이 있어 걱정입니다. 제가 힘껏 불면 구름도 쫓겨 달아나고, 배도파선이 되고, 나무도 부러져 달아나고, 안 쫓겨 가는 놈이 없는데, 그 중에 충청도에 있는 은진 미륵님만을 영 꼼짝하는 법이 없습니다. 암만 내가 몹시 불어도 눈 하나 깜짝거리지 않지요. 나중에는 골이 나서 재채기 질이나 하게 하려고 그 콧구멍 속으로 바람을 몹시 넣어도, 그래도 까딱 아니하고 웃는 얼굴 그대로 있습니다. 에 참 어떻게 그렇게 장사인지 무서워요. 암만해도 그 미륵님이 없어지기 전에는 제가 세상에 제일이란 말을 못하겠습니다.” 하고 하였습니다

딴은 그 말을 들으니 바람보다도 자기 시골에 서 있는 미륵님이 더 잘나기는 하였는데, 인제 두더지 영감은 고단하여서 기운이 지쳐버렸습니다. 그래서 허덕허덕 지팡이를 짚고 자기 시골로 돌아와서, 미륵님께로 간신히 갔습니다.

가서는 갖은 말재주를 다하고 미륵님께 찾아온 말씀을 하고 제발 자기 딸과 혼인을 하여 달라고 졸랐습니다.

그러자 그 큰 미륵님은 그 큰 눈을 딱 뜨고, 그 넓은 입을 딱 다물고 점잖게 듣고 있더니, 두더지 영감의 말이 간신히 끝난 후에야 천천히 말하기 시작하였습니다.

“으응, 자네 말이 그럴 듯하네, 나는 키가 크기도 하고 무서운 것

도 없이 지내네. 해가 뜨거나 말거나, 어둡거나 밝거나, 춥거나 덥거나 걱정해 본 일이 없고, 또 구름이 항상 내 머리 옆을 지나다녀도 그 놈이 비를 뿌리건 천둥소리를 지르건 조금도 두렵거나 겁나는 일이 없었고, 또 아무리 세찬 바람이 불어와도, 콧구멍에 아무리 찬바람을 불어넣어도 까딱한 일이 없으니 내가 참말 이 세상에 제일은 제일일걸세."

하는 말들 듣고 두더지 영감은 그만 좋아서,

"예, 제일이고말고요. 그러니 제 딸하고 혼인해 주시겠지요. 예? 혼인하시지요?"

하고 승낙하기를 독촉하였습니다.

미륵님은 천천히 또 말하기를,

"응, 그런데 내게도 꼭 한 가지 무서운 놈이 있는데."

하므로 두더지 영감은 눈을 부릅뜨고 바싹 다가앉으면서,

"무서운 것이 무엇입니까, 무엇이어요?"

하고 조급히 물었습니다. 미륵님은 역시 천천히,

"그 꼭 한 가지 무서운 놈은 다른 것이 아니라 내 발밑 구멍에 구멍을 파고 두더지 한 마리가 살고 있다네. 그 놈이 호리 같은 발로 흙을 자꾸 후벼 파고 있으니 어찌 겁이 나지 않겠나? 해도 무섭지 않고 구름도 바람도 무서워하지 않는 내가, 그 두더지에게는 어떻게 당할 재주가 없으니 어쩐단 말인가. 그 놈이 그렇게 내 발 밑에 구멍을 자꾸 파면, 나중에는 세상에 제일이라던 내 몸이 그냥 쓰러져 버리고 말 터이니, 그렇게 무섭고 한심스러운 일이 어디 또 있겠는가? 아아, 참말이지 이 넓은 세상에 두더지처럼 무섭

고 두더지보다 더 잘난 놈은 없는 줄 아네."

하고 탄식하는 것을 보고 두더지 영감은,

이 세상에 제일 무섭고 "

제일 잘난 것은 역시 우리 두더지밖에 없구나!"생각하고, 곧 그 은진 미륵님 발밑에 산다는 두더지를 찾아가 보니, 아주 젊디젊은 잘 생긴 사내 두더지였습니다.

그래서 혼인 이야기도 손쉽게 이루어져서, 곧 좋은 날을 가리어 혼인 잔치를 크게 차리고, 그 잘 생긴 딸을 젊은 두더지에게로 시집보냈습니다.

잔치도 즐겁고 재미있게 무사히 치르고, 이 젊고 잘 생긴 두더지 신랑 색시는 복이 많아서 오래도록 땅 속에서 잘 살았답니다.

선물 아닌 선물

옛날, 어느 나라에 몹시 마음이 착하고 인정 많은 사람이 안 씨라는 사람이 있었습니다. 착하고 인정이 많은 그만큼 복이 많아서 어떻게 큰 부자였는지, 그 가진 보물이라든지, 날마다 흔히 쓰는 돈이든지, 크고 훌륭한 집이든지, 그 무엇이든지 그 나라 임금님보다도 더 굉장한 것 같았습니다. 이렇게 한 백성에 지나지 못하는 사람이 임금님보다도 덕이 많고 복이 많아서, 잘 차리고 산다는 것이 임금님 마음에 괘씸스럽고 밉게 생각되어서, 어떻게 하면 그 놈을 없애 버리고 그 많은 재산을 모두 빼앗아버릴까 하고 여러 가지 꾀를 생각하였습니다. 그래서 기어코 한 꾀를 내어가지고, 하루는 벼슬하는 사람들을 보내서 그 마음 착한 안 씨를 잡아들였습니다.

아무 나쁜 일 한 것도 없고, 꿈에도 죄를 진 일이 없이, 별안간에 영문도 모르고 붙잡혀 온 안 씨는 정신 잃고 엎드려 있으니까,

"이놈, 네가 네 죄를 모를까?" 하고 호령을 하므로 아무 죄도 없습니다라고 대답하고 싶었으나 그렇게 대답하면 더 야단맞을까 겁나서 그저 죽은 체하고,

"그저 잘못했으니 살려 주십시오."

하고 정성으로 빌었습니다. 그러니까 비는 소리는 들은 체 만 체

하고 '죽일 놈 살릴 놈'하고 야단 야단하더니 나중에,
"이놈, 네 집에는 천냥이 많아서 이 세상에 없는 것이 없다 하니, 내가 가져오라는 선물 한 가지를 가져와야지 네 목숨을 살려 주지, 그렇지 못하면 네 목을 베어 바치리라." 합니다.
안 씨는 선물 한 가지만 가져오면 살려준다는 말만 다행하여,
"예, 무엇이든지 그저 가져오라시는 대로 가져올 터이니 살려만 주십시오." 하고 이마를 땅에다 자꾸 대었습니다.
"그러면 오늘부터 사흘 안으로, 낮도 밤도 아닌 때, 옷 아닌 옷을 입고, 말 아닌 말을 타고, 선물 아닌 선물을 가지고 오너라. 만일 사흘 안으로 그대로 시행하지 못하면 네 목을 베리라." 합니다.
이런 일은 사람이 아니고 귀신이라도 하지 못할 일이라 이제는 죽었구나하고 안 씨는 얼굴이 파래져서 악을 쓰는 소리로,
"그러지 말고 나를 지금 당장 죽여 주십시오!"
하고 소리쳤습니다.
그러나 그 때는 벌써 임금님은 궁전 안으로 들어가 버리고 거기 있지 아니하였습니다. 안 씨는 그만 다 죽은 사람처럼 기절하여 그 자리에 쓰러진 것을 여러 사람들이 간신히 메어다가 자기 집에다 뉘었습니다.
이대로 사흘만 지나면 주인의 목이 베어지겠으니 그 큰 집안이 초상난 집처럼 곡성이 진동하고, 또 그 소문을 듣는 사람마다,
"그것은 임금님이 억지의 일이지, 낮도 밤도 아닌 때가 어디 있으며, 옷이 아닌 옷은 어디 있고, 말 아닌 말이 무어고, 선물 아닌 선물은 어디 있단 말이오. 하느님더러 가져오라면 가져올 듯싶단

말이오. 그렇게 죽이고 싶거든 차라리 그냥 죽여 버리는 것이 옳지…….”

하고들 모두 안 될 일이라 생각하고, 안 씨가 죽게 된 것을 슬퍼하였습니다. 집안사람들은 울며불며 난리 난 집 같은데, 안 씨는 이틀지난 뒤에 그냥 들어가서 목을 베어 달라고 하기로 결심하고 음식도 자시지 않고 죽은 듯이 누워 있을 뿐이었습니다.

그 날이 지나고, 그 이튿날이 또 지나고, 다음, 다음 날 아침때였습니다.

이제 이 날만 지나면 안 씨는 죽게 되는 것이었습니다. 그런데 그날 아침에, 안 씨의 외딸 열세 살 된 소녀가 자기 방에서 뛰어나와서 아버님 방으로 뛰어가더니,

“아버님, 제가 이틀 동안 그 생각을 하다가 이제 좋은 꾀를 생각하였사오니, 아버지께서는 인제 염려 마시고 일어나셔서 기운을 차리십시오.”

하고, 시원스럽게 나섰습니다.

여러분, 이 귀신도 행하지 못할 어려운 문제를 열세 살 먹은 소녀가 어떻게 해결하였겠습니까? 이 이야기의 끝을 듣기 전에(책장을 덮고) 생각해 보십시오.

소녀는 그 날 저녁때 대궐 임금님 앞에 나왔습니다.

“아버님 대신에 소녀가 온 것을 용서하신다면 가지고 온 것을 드리겠습니다.”

하니까, 임금은 마음에 퍽 신기하여,

“용서하마. 제일 첫째, 너는 낮도 밤도 아닌 때, 옷 아닌 옷을 입

고, 말아닌 말을 타고 왔느냐?"

하고 물었습니다.

"예, 지금 해가 막 졌으니 낮은 아니요, 아직 어둡지 아니한 황혼 시이오니 낮도 밤도 아닌 때 아닙니까?"

"응, 그것은 맞았다. 옷 아닌 옷은?"

"보시는 바와 같이 이렇게 그물을 휘감고 왔으니, 그물이 옷은 아니로되 몸을 가렸으니 옷 아닌 옷이 아닙니까?"

"허허, 그것도 맞았다. 또 그 다음엔?"

"저기 제가 타고 온 것을 보십시오. 노마(당나귀)를 타고 왔으니, 말은 아니로되 역시 말의 한 종류니 말 아닌 말이 아니고 무엇이겠습니까?"

"허, 그것 참 신통하게 생각했구나! 그래 이젠 정작 선물 아닌 선물을 가지고 왔느냐? 선물 아닌 선물?"

임금님 생각에는 다른 것은 다 잘 했어도, 선물 아닌 선물이야 이 세상에 있을 리가 없으니까, 그것은 못 가져왔으리라 하였습니다.

"예, 가져왔습니다. 옜습니다."

하고 임금님의 앞으로 바짝 나서서, 무언지 손아귀에 쥔 것을 임금님 손에 꼭 쥐어 주면서,

"자아, 꼭 받으셔요. 자아, 이젠 분명히 받으셨지요?"합니다.

임금님은 무언지 조그만 것을 손속에 받아 들고 속으로,'이것이 무엇일꼬?'

하면서,

"분명히 받긴 받았다. 그러나 선물 아닌 선물인지 이제 보아야지

알지."

하면서 그 손에 받아든 것을 펴 보았습니다. 손을 펴니까 손속에 있던 것이 별안간에 후루룩 하늘로 날아 달아나므로 깜짝 놀라 쳐다보니까 조그마한 새 새끼였습니다. 임금님이 하도 어이가 없어 입을 벌리고,"

이게 어디 선물이냐?" 하였습니다.

소녀는 생글생글 웃으면서,

"그러게 선물 아닌 선물이지요. 갖다 드렸으니, 선물은 선물이오, 달아나고 말았으니 선물이 아닌즉, 그것이 선물 아닌 선물이 아니고 무엇입니까? 그렇지 않습니까? 이젠 우리 아버지는 살려 주실 터이지요."

"허 참, 그거 신통하다! 살려 주고말고, 너같이 신통한 사람의 아버지를 안 살려 주겠니? 허 참, 신통하다."

하면서, 오히려 마음이 기뻐서 좋아하였습니다.

그래 안 씨를 곧 청하여 자기가 잘못하였노라 사과하고 그 소녀와 자기의아들 왕자와 혼인하기로 약속하였습니다.

방귀출신 최덜렁

여러 백 년 전 이야기로 퍽 우스운 재미있는 이야기를 하나 하지요.

그 때 서울 잿골 김 대신 댁 사랑에 최 덜렁이라는 사람이 있었습니다.

본 이름은 따로 있지만 성질이 수선스러워서 어찌 몹시 덜렁대는지, 모르는 다른 대신 집에서도 최 덜렁 최 덜렁 하게 되어 그의 얼굴은 몰라도 이름은 모르는 이가 없을 판이었습니다.

너무 수선스럽게 덜렁대므로 하려던 일은 다 잊어버리고, 당치도 않은 딴 일을 하여 실수가 많습니다. 그러나 그 대신 때때로 능청스런 꾀를 잘 내므로 늘 덜렁으로 실수된 일도 능청으로 덮어 버렸습니다.

하루는 김 대신의 부탁을 받아 가지고, 안동 서 판서 댁에를 가게 되었는데 타고난 천성이라, 대문을 바로 보고 들어가지를 않아서 서 판서 옆집 이대신 댁으로 쑥 들어갔습니다.

꼭 서 판서 댁인 줄만 알고, 덜렁 최 선생이 그 집 하인보고 대감 계시니 한즉, 사랑으로 안내하여, 올려 앉히고, 점잖은 사람이 의관을 정제하고 나왔습니다.

"나는 잿골 김 대신 댁에서 온 사람이올시다. 주인 대감을 좀 뵈

오려고…….”

“네-이 사람은 이 댁 이 대신 댁에 있는 권영우라는 사람이올시다. 뵈옵기가 늦었습니다. 대감께서는 지금 잠깐 안에 계십니다. 잠깐만 기다리시지요.”

덜렁 선생이 이 대신 댁이라는 말을 듣고 깜짝 놀랐습니다. 이것 큰일 났구나 하고, 그제야 후회하였으나, 별수 없이 큰 변을 당하게 되었습니다.

이만 저만한 사람도 아니고, 이 대신을 만나자고 해 놓았으니, 공연히 희롱한 것처럼 되어 당장에 큰 탈이 내릴 것은 정한 일이었습니다.

그러나 그렇다고, 그냥 뛰어 달아날 수도 없고, 모르고 그랬다 할 수도 없고, 입맛도 다실 수 없고, 머리도 긁을 수 없고, 앉은 채 앉아서 속으로만 쩔쩔매다가, 엉큼한 꾀를 내어 가지고, 능청스럽게,

“아니 아니 기다리기까지 할 필요는 없는 일입니다. 형장을 보았으니까, 대감께서까지 말씀할 것 없이 형장께 말씀하지요. 좀 염치없는 말씀입니다만 우리끼리야 말씀 못할 것이 있겠습니까. 실상은 김 대신의 부탁으로 먼 길을 떠나는 길인데, 하도 바쁘니까 요기를 하고 나설 것을 잊어버려 놓아서, 벌써부터 속이 시장하여서 허허 허허……. 그렇다고 지금 도로 재동 꼭대기로 도로 갈 수는 없고 하여 허허 허허, 전혀 모를 댁도 아니고 하니까 염치없지만 이 댁에서 요기를 좀 하고 가려고……. 허허 허허, 그래서 허허 허허.”

밥 한 그릇을 금방 먹고 나와서 당장에 배가 부르건만 하도 급하

고, 별 꾀는 없으니까 얼른 둘러댄다는 꼴이 이 따위로 너털웃음만 섞어 가며 둘러대었습니다.

"예 예, 그러시겠습니다. 바쁜 때는 아무라도 항용 하기가 쉽습니다. 잠깐만 기다리십시오. 준비 없는 음식이라도 곧 내오게 하겠습니다. 잠깐 앉아 계십시오."

벌써 그 집 사람들은 알아차렸습니다.

얼굴은 모르겠어도, 김 대신 댁 최 덜렁이가 잘못 알고 들어왔다가 남부끄러우니까, 그렇게 당치도 않게 꾸며대는 것이 분명하다고, 그 집 안사랑, 웃사랑, 아랫사랑에 있는 모든 문객들과 하인배들까지 쑥덕쑥덕 '최 덜렁이라지? 최 덜렁이라지?' 하고, 모두 한 번씩 가깝게 와서는 그 얼굴을 보고 보고 하였습니다.

기왕 최 덜렁인 줄 안 바에는 그가 할 말이 없어, 거짓 배가 고픈 체하는 것까지 알았으니, 밥상을 굉장히 차려서 억지라도 많이 먹게 하여, 배가 불러 못 일어나고 고생하는 꼴을 보자하고, 크디큰 동이처럼 큰 주발에 밥을 우뚝하게 담고, 대야같이 큰 그릇을 골라서 국을 담고, 여러 가지 반찬을 갖추어 상을 내어 왔습니다.

"시장하시다는데 너무 기다리게 하여 미안합니다. 반찬이 없어서 부끄럽습니다마는 시장하시다니까 그래도 많이 잡수어 주실 줄 알고 그냥 내왔습니다."

덜렁 선생은 가뜩이나 배가 부른 판에 섣불리 거짓말을 해 놓고 걱정하고 앉았다가, 그 무섭게 많이 담은 밥을 보고, 저절로 두 눈이 둥그레졌습니다. 그러나 자기 입으로 시장하다고 청해 논 것을 안 먹을 수도 없었습니다. 먼저 국 국물을 몇 번 떠먹고, 산같이 담긴 밥을 억지로 다섯 숟갈을 떠먹으니, 숟가락이 저절로 손에서 떨어질 것 같고, 죽여도 못 먹겠습니다.

그러나

"어서 잡수시지요, 국이 식었으니까, 다시 떠내 오지요."

하고, 곧 더운 국을 또 내오고 하면서, 성화 같이 권고하는 통에 죽을 액을 때는 셈 잡고 새 국을 또 먹고, 쉬엄쉬엄 밥 한 숟가락에 숨을 한 번씩 쉬면서 반 그릇이나 먹었습니다. 그렇게 하니 인제는 일어나려도 일어날 수도 없이 되었습니다.

"아이고, 인제는 더 못 먹겠습니다."

"그러지 마시고 숭늉에 말아서 조금 더 잡수시지요. 시장하신 때야 그것 한 그릇이야 못다 잡숫겠습니까……. 국은 식성에 즐기시지 않는 모양이니, 다른 반찬을 더 내 오지요."

하고, 그 집 사람들은 억지로 밥을 말아 주면서 일변 국그릇을 들여보내고, 고기를 구운 것을 내왔습니다. 단 한 술도 더 들어갈 곳은 없고, 체면상 말아 논 밥이야 아니 먹을 수도 없고……. 죽기를 결단하고 눈을 흡뜨고, 물에만 밥을 먹기 시작하였습니다. 그러나 반쯤 먹었을 때, 벌써 목구멍에까지 가득 차서 자칫하면 도로 기어나 올 지경이었습니다.

"아이고! 이제는 죽어도 못 먹겠습니다."

하는 소리가 체면 불구하고, 저절로 나왔습니다. 그러니까 더 권고하지는 아니하나 모든 사람들이 자기 얼굴을 보면서 픽픽 웃습니다.

덜렁 선생이 또 무슨 창피한 짓이 생겼나보다 생각하고, 양치물을 들어 그물에 자기 얼굴을 비추어 보니까, 딴은 창피한 일이었습니다. 자기 코 위에하얀 밥풀이 두 개나 붙어 있는 것을 이 때까지 모르고, 점잔을 빼고 있었으니 누군들 웃지 않겠습니까. 그러나 이제 와서 얼른 떼기도 부끄러운 일이라 배포 유하게 그냥 모른 체하고 앉아서 상을 물려 낸 후에 천천히,

"한 가지 더 청할 것이 있는데……. 종이와 벼루를 좀 주셨으면 좋겠습니다." 하였습니다.

즉시 내어 온 종이를 받아 펴들고, 붓을 들어 무어라고, 여러 줄 글씨를 쓰더니, 또 한 장으로 그 편지를 두루 싸가지고, 코에 묻었던 밥풀을 떼어 발라서 꼭꼭 봉하였습니다. 그리고는 여러 사람을 보고 하는 말이,

"아까 여러분이 웃으신 것은, 내 코에 밥풀 붙은 것을 보고 웃으신 모양이지만 실상은 이 편지 겉봉을 붙이려고, 미리 붙여 두었던 것입니다. 그렇게 알아 두십시오."

하도 엄청난 수작에 이 대신 집 문객들은 코가 먹먹하였습니다.

"자아, 후의의 환대를 감사히 받고 갑니다. 여러분, 편안히 계십시오."인사를 마치고 간신히 기둥을 붙잡고, 일어나기는 났으나 억지로 힘들여 일어나는 통에 구린내 나는 소리가 거침없이 뿡-하고 나왔습니다.

편안히 가시라 하면서 따라 일어서던 문객들은 그만 허리가 아프게 우스운 것을 억지로 참노라고, 손으로 틀어막고, 낄낄거리는데 덜렁 선생은 시치미 딱 떼고,

"왜들 웃으십니까? 여러분은 혹시 내가 방귀라도 뀐 줄 알고 그러십니까?"

하고 나서 발바닥으로, 마룻바닥을 몹시 문질러 삑삑 소리를 내고,
“이것 보시오. 마룻바닥에서 나는 소리올시다……. 정말 방귀란 것은 이런 것이랍니다.”
하고, 여러 사람에게로 궁둥이를 삐쭉 내밀고, 아까부터 잔뜩 참고 있던 방귀를 속이 시원하게 뀌었습니다.
“하하하하, 변변치 않은 것을 알려 드리느라고 실례하였습니다. 편안히 계십시오.”
해 놓고는 어이가 없어, 입만 딱딱 벌리고 서 있는 문객들을 돌아보지 않고, 휘적휘적 가 버렸습니다.
그 후 이 대신이 그 말을 듣고, 남자답고 재미있는 사람이라 하여 자기 관할 아래에 상당히 좋은 벼슬을 시켰습니다.
그래 그 후로 덜렁 선생은 항상 말하기를,
“입신출세라는 것은 방귀 같다.”
고 하더랍니다.

도둑 아닌 도둑

한 집에 도둑이 들어, 손에 칼을 들고 주인이 책을 읽고 있는 방에 가서,

"꼼짝 말고 돈을 내놓아라." 하였습니다.

책에 정신이 쏠리어, 처음에는 듣지 못하더니, 두 번째 크게 지르는 소리에 책에서 돌아앉으면서 천천한 말로,

"이 밤중에 어디서 오신 손님이시오?"

하는지라 도둑이,

"잔말 말고 돈을 빨리 내어 놓아라."

하고, 크게 호령하면서 칼을 들어 위협하였습니다.

"허허! 당신이 돈을 쓸 일이 있어서 왔구려……. 그럼 진작 그렇게 말씀하지시요."

하도 주인이 태연하니까, 도둑은 속으로 슬그머니 겁도 나고 또 더욱 초조해져서,

"잔말 말고 어서 내놓아라. 쓸 일이 있으니까 왔지……."하고, 바싹 달려들었습니다.

"쓸 일이 있어서 돈 가진 사람에게 돈을 달라 하는 것이 그리 틀린 일이 아니어든, 이렇게 칼까지 들고 올 것이야 무엇 있소. 자

아, 지금 내 집에는 이것밖에 없으니 쓰실 일이 부족하지 않거든 가져다 쓰시오."

하고, 책장 밑에서 내어 놓는 돈을 도둑이 받아서 세어보니 390원이라 마음에 흡족하여, 그대로 품속에 웅크려 넣고 급급히 나가는데 주인이,

"여보, 여보!"

불러 놓고,

"아무리 적은 돈이라도 받아갈 때에는 받은 인사를 하고 가는 것이 좋지 않겠소."

하는지라 도둑이 마지못하여,

"고맙소."

한 마디 내어던지고 황급히 달아나 버렸습니다. 그 이튿날 아침에, 순사한 사람이 그 도둑을 포박하여 데리고 찾아왔습니다.

"이놈이 붙들려 자백하기를, 어젯밤에 이 댁에 칼을 들고 들어와서 돈390원을 강탈하였다고 하니 분명히 390원만 빼앗기셨습니까?"

"아 아니오. 돈은 분명히 390원인데, 빼앗긴 것이 아니라 내가 드린 것이요."

"아니올시다. 이놈이! 제 입으로 칼을 들고 협박하였다고 그러는데요."

"실례의 말씀을 하지 마시오. 내가 변변치 못한 위인이로되, 칼이 무서워서 싫은 것을 빼앗길 사람은 아니오. 저 사람이 쓸 일이 있다고 달라고 하니까 드렸을 뿐이요."

듣고 있던 도둑도 주인의 말에 하도 양심이 아파서,

“아니올시다. 사실로 강도질을 해 간 것입니다.” 하니까,

“예끼, 이 어리석은 사람아. 어느 세상에 강탈해 가면서 고맙다 하는 놈이 있단 말이요? 당신은 나에게 돈을 받아가지고 ‘고맙소.’ 하고 인사를 하고 가지 않았소?”

도둑은 물론이요, 순사까지 감격이 극하여, 엎드려서 눈물 흘리는 도둑의 몸에서 포승을 끌러 놓았습니다. 그 후, 그 도둑은 주인집 고용인으로 있기를 자원하여, 일평생을 사는 동안에 주인보다 못하지 않은 좋은 인물이 되었답니다.

만년 셔츠

1

박물 시간이었다.

"이 없는 동물이 무엇인지 아는가?"

선생님이 두 번씩 연거푸 물어도 손드는 학생이 없더니, 별안간 '옛'소리를 지르면서, 기운 좋게 손을 든 사람이 있었다.

"음, 창남인가? 어디 말해 보아."

"이 없는 동물은 늙은 영감입니다!"

"예에끼!"

하고, 선생은 소리를 질렀다. 온 방안 학생이 깔깔거리고 웃어도, 창남이는 태평으로 자리에 앉았다.

수신(도덕) 시간이었다.

"성냥 한 개비의 불을 잘못하여, 한 동네 삼십여 집에 불에 타 버렸으니, 성냥 단 한 개비라도 무섭게 알고 주의해야 하느니라."

하고 열심히 설명해 준 선생님이 채 교실 문 밖도 나가기 전에, "한 방울씩 떨어진 빗물이 모이고 모여, 큰 홍수가 나는 것이니, 누구든지 콧물 한 방울이라도 무섭게 알고 주의해 흘려야 하느니라."

하고, 크게 소리친 학생이 있었다. 선생님은 그것을 듣고 터져 나

오는 웃음을 억지로 참고 돌아서서,

"그게 누구야? 아마, 창남이가 또 그랬지?"

하고 억지로 눈을 크게 떴다. 모든 학생들은 킬킬거리고 웃다가 조용해졌다.

"예, 선생님이 안 계신 줄 알고 제가 그랬습니다. 이 다음엔 안 그러지요."

하고, 병정같이 벌떡 일어서서 말한 것은 창남이었다. 억지로 골낸 얼굴을 지은 선생님은 기어이 다시 웃고 말았다. 아무 말 없이 빙그레 웃고는 그냥 나가 버렸다.

"아 하하하하……."

학생들은 일시에 손뼉을 치면서 웃어댔다.

×× 고등 보통 학교 일 년급 을 반 창남이는 반 중에 제일 인기 좋은 쾌활한 소년이었다.

이름이 창남이요, 성이 한 가이므로, 안창남(安昌南; 비행사) 씨와 같다고 학생들은 모두 그를 , 보고 비행가 하고 부르는데, 사실은 그는 비행가같이 시원스럽고 유쾌한 성질을 가진 소년이었다.

모자가 다 해졌어도, 새 것을 사 쓰지 않고, 양복바지가 해져서 궁둥이에 조각 조각을 붙이고 다니는 것을 보면 집안이 구차한 것도 같지만, 그렇다고 단 한 번이라도 근심하는 빛이 있거나, 남의 것을 부러워하는 눈치도 없었다.

남이 걱정이 있어 얼굴을 찡그릴 때에는, 우스운 말을 잘 지어내고, 동무들이 곤란한 일이 있을 때에는 좋은 의견도 잘 꺼내 놓으므로, 비행가의 이름이 더욱 높아졌다.

연설을 잘 하고, 토론을 잘 하므로 갑 조하고 내기를 할 때에는 언제든지 창남이 혼자 나가 이기는 셈이었다.

그러나 그의 집이 정말 가난한지 넉넉한지 아무도 아는 사람이 없었고, 가끔 그의 뒤를 쫓아가 보려고도 했으나 모두 중간에서 실패를 하고 말았다. 왜 그런고 하면, 그는 날마다 이십 리 밖에서 학교를 다니는 까닭이었다.

그는 가끔 가끔 우스운 말을 하여도 자기 집안일이나 자기 신상에 관한이야기는 말하는 법이 없었다. 그런 것을 보면 입이 무거운 편이었다.

그는 입과 같이 궁둥이가 무거워서, 운동틀(철봉)에서는 잘 넘어가지 못하여, 늘 체조 선생님께 흉을 잡혔다. 하학한 후 학생들이 다 돌아간 다음에도 혼자 남아 있어서 운동틀에 매달려 땀을 흘리면서 혼자 연습을 하고 있는 것을 동무들은 가끔 보았다.

"이애, 비행가가 하학 후에 혼자 남아서 철봉 연습을 하고 있더라."

"땀을 뻘뻘 흘리면서 혼자 애를 쓰더라."

"그래, 이제는 좀 넘어가데?"

"웬걸, 한 이백 번이나 넘도록 연습하면서, 그래도 못 넘어가더라."

"그래, 맨 나중에는 자기가 자기 손으로 그 누덕누덕 기운 궁둥이를 때리면서 '궁둥이가 무거워, 궁둥이가 무거워.' 하면서 가더라!"

"제가 제 궁둥이를 때려?"

"그러게 괴물이지……."

"아 하하하하하……."

모두 웃었다. 어느 모로든지 창남이는 반 중의 이야깃거리가 되는 것이었다.

2

겨울도 겨울 몹시도 , 추운 날이었다. 호호 부는 이른 아침에 상학 종은 치고, 공부는 시작되었는데, 한 번도 결석한 일이 없는 창남이가 이 날은 오지 않았다.

"호욀세, 호외야! 비행가가 결석을 하다니!"

"어제 저녁 그 무서운 바람에 어디로 날아간 게지!"

"아마, 병이 났다 보다. 감기가 든 게지."

"이놈아, 능청스럽게 아는 체 마라."

일 학년 을 조는 창남이 소문으로 수군수군 야단이었다.

첫째 시간이 반이나 넘어갔을 때, 교실 문이 덜컥 열리면서, 창남이가 얼굴이 새빨개 가지고 들어섰다.

학생과 선생은 반가워하면서 웃었다. 그리고 그들은 창남이가 신고 서 있는 구두를 보고, 더욱 크게 웃었다. 그의 오른편 구두는 헝겊으로 싸매고 또 새끼로 감아 매고 또 그 위에 손수건으로 싸매고 하여, 퉁퉁하기 짝이 없다.

"한창남, 오늘은 웬일로 늦었느냐?"

"예."

하고, 창남이는 그 괴상한 퉁퉁한 구두를 신고 있는 발을 번쩍 들고,

"오다가 길에서 구두가 다 떨어져서, 너털거리기에 새끼를 얻어서 고쳐 신었더니 또 너털거리고 해서, 여섯 번이나 제 손으로 고쳐

신고 오느라고 늦었습니다."

그리고도 창남이는 태평이었다. 그 시간이 끝나고 쉬는 동안에, 창남이는 그 구두를 벗어 들고, 다 해져서 너털거리는 구두 주둥이를 손수건과 대님 짝으로 얌전스럽게 싸매어 신었다. 그러고도 태평이었다.

따뜻해도 귀찮은 체조 시간이 이처럼 살이 터지도록 추운 날이었다.

"어떻게 이 추운 날 체조를 한담."

"또 그 무섭고 딱딱한 선생님이 웃통을 벗으라고 하겠지……. 아이구, 아찔이야."

하고, 싫어들 하는 체조 시간이 되었다. 원래 군인으로 다니던 성질이라, 뚝뚝하고 용서성 없는 체조 선생이 호령을 하다가, 그 괴상스런 창남이 구두를 보았다.

"한창남! 그 구두를 신고도 활동할 수 있나? 뻔뻔스럽게……."

"예, 얼마든지 할 수 있습니다. 이것 보십시오."하고, 창남이는 시키지도 않은 뜀도 뛰어 보이고, 달음박질도 하여 보이고, 답보 제자리걸음 도 부지런히 해 보였다. 체조 선생님도 어이없다는 듯이,

"음! 상당히 치료해 신었군!" 하고 말았다. 그리고 다시 호령을 계속하였다.

"전열만 삼 보(세걸음) 앞으로 — 옷!"

"전 후열 모두 웃옷 벗어!"

3

죽기보다 싫어도 체조 선생님의 명령이라, 온반 학생이 일제히 검

은 양복저고리를 벗어, 셔츠만 입은 채로 섰고, 선생님까지 벗었는데, 다만 한 사람 창남이만 벗지를 않고 그대로 있었다.

"한창남! 왜 웃옷을 안 벗나?"

창남이의 얼굴은 폭 숙이면서 빨개졌다. 그가 이러기는 처음이었다. 한참동안 멈칫멈칫하다가 고개를 들고,

"선생님, 만년 셔츠도 좋습니까?"

"무엇? 만년 셔츠? 만년 셔츠란 무어야?"

"매, 매, 맨몸 말씀입니다."

성난 체조 선생님은 당장에 후려갈길 듯이 그의 앞으로 뚜벅뚜벅 걸아가면서,

"벗어랏!"

호령하였다. 창남이는 양복저고리를 벗었다. 그는 셔츠도 적삼도 안 입은 벌거숭이 맨몸이었다. 선생은 깜짝 놀라고 아이들은 깔깔 웃었다.

"한창남! 왜 셔츠를 안 입었니?"

"없어서 못 입었습니다."

그때, 선생님의 무섭던 눈에 눈물이 돌았다. 그리고 학생들의 웃음도 갑자기 없어졌다. 가난! 고생! 아아 창남이 집은 그렇게 몹시 구차하였던가……, 모두 생각하였다.

"창남아! 정말 셔츠가 없니?"

눈물을 씻고 다정히 묻는 소리에,

"오늘하고 내일만 없습니다. 모레는 인천서 형님이 올라와서 사 줍니다."

체조 선생님은 다시 물러서서 큰 소리로,

"한창남은 오늘은 웃옷을 입고해도 용서한다. 그리고 학생 제군에게 특별히 할 말이 있으니, 제군은 다 한창남 군 같이 용감한 사람이 되란 말이다 누구든지 셔츠가. 없으면, 추운 것을 둘째요, 첫째 부끄러워서 결석이 되더라도 학교에 오지 못할 것이다. 그런데, 오늘 같이 제일 추운 날 한창남 군은 셔츠 없이 맨몸, 으으응, 즉 그 만년 셔츠로 학교에 왔단 말이다.

여기 서 있는 제군 중에는 셔츠를 둘씩 포개 입은 사람도 있을 것이요, 재킷에다 외투까지 입고 온 사람이 있지 않은가……. 물론, 맨몸으로 나오는 것이 예의는 아니야, 그러나 그 용기와 의기가 좋단 말이다. 한창남 군의 의기는 일등이다. 제군도 다 그의 의기를 배우란 말야."

만년 셔츠! 비행가란 말도 없어지고, 그 날부터 만년 셔츠란 말이 온 학교 안에 퍼져서, 만년 셔츠라고만 부르게 되었다.

4

그 다음날, 만년 셔츠 창남이는 늦게 오지 않았건마는, 그가 교문 근처까지 오기가 무섭게, 온 학교 학생이 허리가 부러지도록 웃기 시작하였다.

창남이가 오늘은 양복 웃저고리에, 바지는 어쨌는지 얄따랗고 해어져 뚫어진 조선 겹바지를 입고, 버선도 안 신고 맨발에 짚신을 끌고 뚜벅뚜벅 걸어온 까닭이었다. 맨가슴에, 양복저고리, 위는 양복저고리 아래는 조선 바지, 그나마 다 떨어진 겹바지, 맨발에 짚신, 그 꼴을 하고, 이십 리 길이나 걸어왔으니, 한길에서는 오죽 웃었으랴…….

그러나 당자는 태평이었다.

"고아원 학생 같으이! 고아원야."

"밥 얻어 먹으러 다니는 아이 같구나."

하고들 떠드는 학생들 틈을 헤치고 체조 선생님이, 무슨 일인가 하고 들여다보니까 창남이가 그 꼴이라 너무 놀라서, "너는 양복바지를 어쨌니?"

"없어서 못 입고 왔습니다."

"어째 그리 없어지느냐? 날마다 한 가지씩 없어진단 말이냐?"

"예에, 그렇게 한 가지씩 두 가지씩 없어집니다."

"어째서?" "예."

하고, 침을 삼키고 나서,

"그저께 저녁에 바람이 몹시 불던 날 저희 동리에 큰 불이 나서, 저의 집도 반이나 넘어 탔어요. 그래서 모두 없어졌습니다."

듣기에 하도 딱해서 모두 혀끝을 찼다.

"그렇지만 양복바지는 어저께도 입고 오지 않았니? 불을 그저께 나고……."

"저의 집은 반만이라도 타서, 세간을 건졌지만, 이웃집이 십여 채나 다타버려서 동네가 야단들이어요. 저는 어머니하고 단 두 식구만 있는데, 반만이라도 남았으니까, 먹고 잘 것은 넉넉해요. 그런데, 동네 사람들이 먹지도 못하고, 자지도 못 하게 되어서 야단들이어요. 그래, 저의 어머니께서는 우리는 먹고 잘 수 있으니까. 두 식구가 당장에 입고 있는 옷 한 벌씩만 남기고는 모두 길거리에 떨고 있는 동네 사람들에게 나눠 주라고 하셨으므로 어머니 옷, 제 옷을 모두 동네 어른들에게 드렸답니다. 그리고 양복바지는 제가 입고 주지 않고 있었는데 저의 집 옆에서 술장사하던 영감님이 병든 노인이신데, 하도 추워하니까, 보기에 딱해서, 어제 저녁에 마저 주고, 저는 가을에 입던 해진 겹바지를 꺼내 입었습니다.

"모든 학생들은 죽은 듯이 고요하고, 고개들이 말없이 수그러졌다. 선생님도 고개를 숙였다.

"그래, 너는 네가 입은 셔츠까지도 양말까지도 주었단 말이냐?"

"아니오, 양말과 셔츠만은 한 벌씩 남겼었는데, 저의 어머니가 입었던 옷은 모두 남에게 주어 놓고, 추워서 벌벌 떠시므로, 제가 '어머니, 제 셔츠라도 입으실까요.' 하니까, '네 셔츠도 모두 남 주었는데, 웬 것이 두 벌씩 남았겠니!' 하시므로, 저는 제가 입고 있던 것 한 벌뿐이면서도, '예, 두 벌 남았으니, 하나는 어머니 입으시지요.'하고, 입고 있던 것을 어저께아침에 벗어 드렸습니다. 그러니까 '네가 먼 길에 학교 가기 추울 텐데, 둘을 포개 입을 것을 그랬구나.'하시면서, 받아 입으셨어요. 그리고 하도발이 시려 하시면서, '이애야. 창남아, 양말도 두 켤레가 있느냐?'하시기에, 신고 있는 것 한 켤레 것만은, '예, 두 켤레입니다. 하나는 어머니 신으시지요.' 하고, 거짓말을 하고, 신었던 것을 어저께 벗어 드렸습니다. 저는 그렇게 어머니께 거짓말을 하였습니다. 나쁜 일인 줄 알면서도 거짓말을 하였습니다. 오늘도 아침에 나올 때에, '이 애야, 오늘 같이 추운 날 셔츠를 하나만 입어서 춥겠구나. 버선을 신고 가거라.'하시기에 맨몸 맨발이면서도, '예, 셔츠도 잘 입고 버선도 잘 신었으니까, 춥지는 않습니다.' 하고 속이고 나왔어요. 저는 거짓말쟁이가 됐습니다."하고, 창남이는 고개를 숙였다.

"그러나 네가 거짓말을 하더라도 어머니께서 너의 벌거벗은 가슴과 버선 없이 맨발로 짚신을 신은 것을 보시고 아실 것이 아니냐?"

"아아, 선생님……."

하는 창남이의 소리는,

우는 소리같이 떨렸다. 그리고 그의 수그린 얼굴에서 눈물방울이 뚝뚝 그의 짚신 코에 떨어졌다.

"저의 어머니는 제가 여덟 살 되던 해에 눈이 멀으셔서 보지를 못하고 사신답니다."

체조 선생의 얼굴에도 굵다란 눈물이 흘렀다. 와글와글 하던 그 많은 학생들도 자는 것같이 조용하고, 훌쩍훌쩍 기리면시, 우는 소리만 여기저기서 조용히 들렸다.

미련이 나라

지고 간 대문

따뜻한 봄날이어요.

젊은 남자 한 사람이 저의 집을 비워 놓고, 먼 시골로 가는데요, 저의 집대문짝과 문설주를 빼어서, 그 큰 것을 억지로 짊어지고, 땀을 뻘뻘 흘리면서 가거든요.

그래 하도 이상하여서,

"여보게, 먼 시골로 간다는 사람이 왜 자네 집 대문을 헐어 짊어지고 가나?"

하고, 물었습니다. 그러니까, 그 젊은 양반 대답이,

"대문을 그냥 두고 가면, 도둑놈이 들어가겠으니까, 떼어서 짊어지고 가지요. 대문만 내가 가지고 가면, 아무도 우리 집에 못 들어갈 것이니까요." 하거든요.

묻던 사람도 그럴 듯하여,

"옳지, 그거 참 그럴 듯한 꾀로군!"

하고 탄복하더랍니다.

성 쌓아 새 잡기

한 농네에 전에 못 보던 이상하고 예쁜 새가 나뭇가지에 날아와

앉아서 재미있게 울거든요.

그래 그것을 잡아 보려고, 온 동네 사람들이 모두 모여서, 그 동네의 둘레를 삥 둘러 높다랗게 담을 쌓았습니다.

“이렇게 삥 둘러싸면, 달아날 틈이 없겠지!” 하고요.

그러나 그 많은 사람들이 점심도 못 먹고, 자꾸 쌓고 있는데, 새는 공중으로 후루룩 날아가 버렸습니다. 그러니까, 모두들 하는 말이,

“인제 놓쳤으니 내일 다시 오거든 에워싸게.”

하고 헤어지더랍니다.

물독 속의 도둑

한 점잖은 주인 내외가 잠을 자는데, 도둑이 들어와서 마루 밑에 숨었습니다.

-마누라 “아이고, 여보 영감! 마루에서 무언지 덜컥덜컥 하는 소리가나니, 아마 도둑인가 보오.”

아내가 남편보고 이렇게 말하는 소리를 듣고, 도둑놈은 들키는가 싶어 가슴이 선뜻하였습니다.

-영 감 ”무얼? 아마 마루 밑에서 쥐새끼들이 그러는 거겠지…….”

이렇게 주인 영감이 대답하는 소리를 옳다구나 하고,

-도 둑 “찍 찍 찍찍!” 하고, 쥐 소리를 하였습니다.

-영 감 “그것 보지, 저게 쥐새끼 소리 아니고 무언가!”

-마누라 “쥐 소리요? 유달리 소리가 큰걸요. 쥐는 아니어요.”

-영 감 “그럼 고양이겠지.” 도 둑 “야옹 야옹!”

-영 감 “저것 보지, 고양이 아닌가.”

-마누라 “고양이보다는 소리가 큰 걸요. 고양이도 아닌가 보오.”

-영 감 "고양이보다 소리가 크면 개겠지."도 둑 "멍멍 멍멍멍!" 도둑놈이 개 소리까지 합니다.

-영 감 "저것 보아! 개 소리지."

-마누라 "개 소리하고는 다른걸요."

-영 감 "그럼 닭소린 게지!"

-도 둑 "꼬꼬 꼬꼬 꼬꼬꼬!"

-영 감 "저거 닭 소리 아닌가?"

-마누라 "닭소리보다는 소리가 몹시 큰걸요."

-영 감 "그럼 송아지 소린 게지."

-도 둑 "엄매 엄매!"

-마누라 "송아지 소리보다 큰 걸요."

-영 감 "그럼 코끼린 게지."

도둑놈도 코끼리 소리는 알 수가 없으니까, 급한 대로,

-도 독 "기리 기리 기릿!"

-마누라 "아이구머니, 저게 무슨 소리요? 코끼리도 웁니까! 저건 분명히 도둑놈이요."

-영 감 "그럼 나가 보지."

도둑놈이 달아날 곳이 없으니까, 급한 대로 부엌 속으로 뛰어 들어가서는 물독 속에 들어가 숨어서, 얼굴만 물 위에 내놓고 앉았습니다. 주인이 물독을 들여다보다가 물 위에 있는 도둑 얼굴을 보고,

-영 감 "이게 무언가? 바가진가 도깨빈가?"하니까,

-도 둑 "박 박 박!"

-영 감 "으응 바가지로군……."

하고 안심하고, 도로 들어가서 자더랍니다.

송아지와 밀가루 부대

미련이 나라의 어떤 점잖은 양반 한 분이, 장날 장터로 송아지 쉰 마리를 사러 가다가, 좁은 다리 위에서 아는 이를 만났습니다.

첫째 "자네 어디 갔다 오나?"

둘째 "장터에 갔다 오는 길일세. 자네는 어디에 가는 길인가?"

첫째 "나는 송아지 쉰 마리 사러 장에 가는 길일세."하니까,

그 사람이 깜짝 놀라며,

둘째 "어이구, 송아지를 쉰 마리씩이나 사서, 어느 길로 끌고 오려나?"

첫째 "물론 이 길, 이 다리 위로 오지." 하니까,

그 사람은 아까보다도 더욱 놀라면서,

둘째 "이 좁은 다리 위로 송아지 쉰 마리를 어떻게 끌고 건넌단 말인가?

안 되네 안 되어."

첫째 "왜 못 건너간단 말인가?"

둘째 "못 건너가네, 못 건너가."

첫째 "왜 못 건너간단 말인가?"

둘째 "암만 그래도 안 될 말일세. 무슨 수로 쉰 마리를 끌고 이 다리를 건넌단 말인가?"

첫째 "글쎄, 건너간다는데 왜 못 건넌다고 그러나?"

둘째 "못 건너가네, 못 건너가!"

이렇게 두 어른이 건너가네, 못 건너가네 하고, 다리 위에 서서

온 종일 싸우고 있었습니다.

해가 지고 어둡기 시작하는 저녁때가 되었습니다. 다른 어른 한 분이장터에서 밀가루 한 부대를 사서 짊어지고 돌아오는데, 다리 위에 이르렀을때, 좁은 다리 위에 두 사람이 서서 건너 가네 못 건너가네 하고 싸우고 있는지라 무슨 소린지는, 모르겠으나, 하여튼 싸움이 끝나거든 건너가려고, 무거운 부대를 짊어진 채 한참이나 서서 기다렸습니다.

그러나 암만 기다려도 싸움은 끝나지 않고, 밤이 되도록 건너가네 못 건너가네 하고만 있으므로, 하도 갑갑하여,

셋째 "여보, 당신들 아까부터……."

첫째·둘째 "여보, 아까부터가 아니라 아침부터라오."

셋째 "그렇습니까? 그럼 잘못했었습니다. 아침부터 무얼 건너가네 못건너가네 하고 싸우십니까?"

첫째 "그런 게 아니라오. 내가 송아지 쉰 마리를 사 가지고 이 다리로건너가겠다 하니까,

이 사람이 못 건너간다고 해서, 이렇게 싸우고있다오."

셋째 "그래 송아지 쉰 마리를 사기는 정말 샀나요?"첫째 "인제 사러 가는 길이요."

셋째 "장은 다 파했는걸요."

첫째 "아차차, 그럼 다 틀렸군!"

셋째 "여보시오, 싸움은 그만두시오. 내가 당신 두 분께 할 말씀이 있으니, 내 등에 있는 밀가루 부대를 좀 내려 주시오."

첫째와 둘째가 셋째의 등에 지고 있는 밀가루 짐을 내려 주었습니다.

그러니까, 그 사람이 밀가루 부대의 주둥이를 풀어헤치더니, 개천에다 대고 거꾸로 들어 밀가루를 모두 개천 물에 쏟아 버리고 나서, 빈 부대만 훌훌 털어서,

첫째와 둘째의 코앞에 내밀면서,

셋째 "당신 두 분의 머리속이 이 부대같이 텅 비었소." 하더랍니다.

건네 가네 못 건네 가네 하고, 온종일 싸우고 섰던 두 분과, 머릿속이 비었다는 말을 하려고, 밀가루 한 부대를 쏟아 버린 어른이, 어느 분이 더 똑똑한지요?

거꾸로 매단 절구

미련한 어른만 사는 나라에도 새로운 물건 이치를 발명해 내는 연구가가계셨습니다. 하루는 굉장한 새 발명을 하였다고, 집집으로 다니면서 떠들길래, 무슨 신통한 새 발명을 또 했는가 하고, 이 집 저 집에서 미련한 어른들이 새 옷을 꺼내 입고, 길이 막히게 꾸역꾸역 모여들었습니다.

새 발명을 했다는 연구가가, 헛간에 큰 절구 있는 곳에 서서, 큰 소리로 연설하는 말씀이,

"에헴 다른 연구가 아니라, 쌀 찧는 데 관한 발명이므로, 살림살이에 대단히 소중한 발명입니다. 에헴, 누구든지 쌀을 찧을 때에 공이를 번쩍 들었다가, 쾅쾅 놓아서 찧는데, 그것을 가만히 보고 연구한즉, 공이를 쾅하고 아래로 내려놓는 것은, 쌀을 찧으니까 필요하지마는, 위로 번쩍 드는 것은 아무 필요가 없이 헛된 힘이 되는 것입니다. 그런데 쌀을 찧느라고 내려 놓을 때에는 오히려 힘이 안 들고, 아무 필요도 없이 공연히 위로 번쩍 드는 데도, 도리어

힘이 많이 듭니다. 그래서 이 사람은 연구하기를, 어떻게 하면 힘을 들여가면서 위로 번쩍 드는 것을 잘 이용할까 하고 생각한 결과, 굉장히 편리하고 유익한 것을 발명하였습니다. 에헴, 자세히 들으십시오. 공이를 내려놓을 때는 힘을 안 쓰고, 위로 쳐들 때에는 많은 힘을 쓰니까, 위에도 아래와 같은 절구 하나를 거꾸로 매달아 놓고, 거기다가 쌀을 부어 두면, 공이를 위로 쳐들 때에는 위로 거꾸로 달린 절구의 쌀이 찧어 질 것이 아닌가 말씀입니다. 그러면 공이를 한 번 들었다 놓는데, 위아래 두 군데 쌀이 한꺼번에 찧어지니까, 우리의 살림살이가 대단히 편해질 것이라는 말씀입니다." 이 굉장스런 연설을 들어 보니, 참말 그럴듯한지라, 모였던 사람들이모두 손뼉을 치면서 기뻐하고, 연구가를 위하여 만세를 부르면서 헤어져 돌아갔습니다.

돌아가서는 곧 실행을 하려고, 집집에서 절구 하나씩을 더 장만하느라고 야단이 났습니다. 절구가 모자라서 절구 값이 금시에 몇 십 갑절이나 비싸지고, 나중에는 아무리 돈을 많이 주고 사려도 절구가 하나도 남지 않았습니다.

그래 땀을 뻘뻘 흘리면서, 절구를 모두 거꾸로 천장에다 디룽디룽 매달아놓았습니다. 그러나 쌀을 부을 수가 도무지 없었습니다. 부으면 쏟아지고, 부으면 쏟아지고 하여, 암만하여도 쌀이 붙어 있지를 않았습니다.

하다, 하다 못하여, 연구가를 일일이 모셔다가 지휘를 받아서 해보았으나, 참말 연구가가 자기 손으로 하여 보아도 쌀을 부을 재주가 도무지 없었습니다.

"여러분, 잠깐만 더 기다리십시오. 내가 거꾸로 매단 절구에 쌀을 붓는 법을 마저 연구할 터이니까요." 하였습니다.

그러니까, 모든 사람들이 또 손뼉을 치고 기뻐하면서,

"네, 제발 좀 그것도 연구해 주십시오."

하고, 빌었습니다.

그러나 연구가는 끝끝내 그 방법은 발명해 내지 못하고 죽었답니다.

자반 비웃을 먹은 뱀장어

미련이 나라에 사는 미련한 양반들이 제일 좋아하는 밥반찬이 있으니, 그것은 자반 비웃이었습니다 . 그러나 이 자반 비웃이 그 나라에는 없고, 오십리 밖에 있는 다른 나라에 가야 사다 먹게 되므로, 미련한 양반들의 생각에도 그것이 불편하거든요, 그래서 미련한 양반들이 일제히 한곳에 모여서 회의를 열었습니다. 시간이 되니까, 한 양반이 벌떡 일어나더니, 하시는 말씀이,

"오늘 회의는 다른 게 아니라 우리가 자반 비웃을 잘 먹는 것은 우리들의 특성인데, 그놈을 한 번 먹자면, 오십 리나 되는 곳을 가야 사 오게 되니, 이런 불편한 일이 어디 있겠습니까. 그래서 그렇게 불편하지도 않고 아주 편하게 자반 비웃을 먹을 도리가 없을는지, 그것을 다 같이 의논해 보려고 모인 것입니다. 그러니 여러분 중에 좋은 의견이 있으면 말씀해주십시오."

미련한 양반들은,

"글쎄, 좋은 꾀가 없을까?"

하고, 서로 서로 좋은 의견이 나오기를 기다리고 있는데, 그 중에도 똑똑하고 영악하다는 양반 하시는 말씀이,

“자, 여러분! 이렇게 하는 것이 어떨까요? 우리 동네에 큰 연못이 하나있지요?”

“암, 있지요.”

“그 연못에다 자반 비웃을 한꺼번에 듬뿍 사다가 집어넣고, 한참 동안그대로 내버려 둡시다. 그러면, 그놈이 연못 속에서 새끼를 까고 또 까서, 나중에는 굉장히 많아지지 않겠습니까. 그 때에는 우리가 마음대로 잡아다먹는 것이 어떨는지요?”

이 의견을 들어 보니, 참말 그럴듯한지라, 모였던 사람들은 모두 손뼉을 치면서,

“그 의견이 좋소.”

하고, 소리쳤습니다. 그래서 그 곳에 모였던 사람들은 그 자리에서 돈들을 거둬 모아 가지고, 오십 리 밖에 가서, 자반 비웃을 한꺼번에 오백 마리나사다, 그 동네 연못에 집어넣었습니다.

그 후 한 일 년 지나서,

인제는 오백 마리나 “ 되는 놈이, 새끼를 한 마리씩만 낳아도, 천 마리는 되었으리라.”

하고, 하루는 온 나라 양반들이 모두 그물과 낚시를 가지고, 연못가에 몰려와서, 일 년 전에 집어넣어 둔 자반 비웃을 잡느라고 야단들이었습니다.

그러나 웬일인지 그 많은 사람들이 하루 온종일 그물을 치고 낚시를 던져도, 자반 비웃은 한 마리도 잡히지 않고, 맨 지푸라기와 흙덩어리만 걸려 올라왔습니다.

그래 여러 양반들은 까닭을 알 수가 없어서,

"웬일일까? 웬일일까?"

하고, 떠들었습니다. 그러자 한 양반이,

"그 놈들이 혹시 물속에 있는 진흙을 파고 들어가 숨어 있는지도 모르니, 누구든지 물속으로 뛰어 들어가서, 흙 속을 한 번 찾아보는 것이 어떻습니까?" 하니까,

여러 사람들은 또 그럴듯한지라,

"옳소!"

하고, 소리쳤습니다. 그래 헤엄 잘 치는 양반을 한 분 뽑아서, 물속으로 들여보냈습니다.

물속에 들어간 양반이 한참 진흙 속을 손으로 더듬다가, 무엇인지 손에 물큰 쥐어지는 게 있어서, 무언가 하고 두 손으로 꼭 붙잡고 얼른 물 밖으로 나와 보니까, 그것은 큰 뱀장어였습니다.

여러 사람들은 그제야,

"옳지, 저 뱀장어란 놈이 그 자반 비웃을 죄다 잡아먹었구나!"생각하고, 너무도 분하고 원통하여서,

"그놈은 우리 여러 사람이 먹을 반찬을 저 혼자 먹은 놈이니, 모가지를 뎅겅 잘라 죽여라!"

하기도 하고,

"아니다. 그놈을 죽이되, 온 몸을 갈갈이 찢어 죽여야 한다."

하기도 하고,

"아니다. 그놈은 불 속에다 넣어서 태워 죽여야 한다."하고, 제각기 야단들이었습니다.

그러니까, 그 중에도 좀 똑똑하다는 양반이 하시는 말씀이,

"아니오. 그놈을 그렇게 칼로 베거나 불에 태워 죽이면 얼른 죽어 버릴 터이니, 좀 더 오래 괴롭히다가 죽도록 하자면, 물에 빠뜨려 죽이는 것이 제일입니다 그놈이 . 진흙 속에 꼭 파묻혀 사는 것을 보면, 물을 그 중 싫어하는 모양이니까, 그렇게 죽이는 것이 어떻습니까!"

다른 사람들도 그렇게 하는 것이 좋을 듯해서.

"그렇게 하자!"

하고, 소리쳤습니다. 그래 뱀장어는 미련한 양반들이 맛있게 잡수실 자반비웃을 죄다 잡아먹었다는 죄로, 미련한 양반들에게 꼭 붙잡혀서, 연못물속에 던져졌습니다. 그러니까, 뱀장어는 좋아라고 물속으로 헤엄쳐 들어갔습니다.

그러나 미련한 양반들은 뱀장어가 물속으로 가라앉는 것만 보고, 자기네들의 원수를 잘 갚았다고 손뼉을 치면서,

"에그, 죽여도 참 시원스럽게 죽였다!" 고, 좋아서 입을 '헤에' 벌리고 돌아가더랍니다.

꾀 나는 걸상

효남이는 할아버지 환갑 잔칫날이 가까워오므로 무엇이든지 선물 한 가지를 자기 돈으로 사 드리려고 돈 주머니를 꺼내어 툭툭 털어 보았지만 겨우 단돈 전밖에는 없었습니다. 50전 그것도 일 년 동안이나 두고두고 이따금 몇 푼씩 생기는 것을 한 푼도 쓰지 않고 모아 두고 모아 두고 하였던 일 전짜리 동전이었습니다.

"단돈 50전을 가지고 무엇을 사나……. 할아버지께서는 무엇보다도 편안히 앉으실 걸상이 필요한데……."

이렇게 생각하며 거리를 이리저리 돌아다녀 보았으나, 모두 3원, 4원씩 하는 것이고 50전 가지고 살 수 있을 것 같은 걸상은 구경도 할 수가 없었습니다.

"어떻게 할까?"

하고 이번에는 행랑 뒷골로 걸어가며 이 곳 저 곳을 살피노라니 어떤 고물상점에 다 떨어진 궤짝과 찌그러진 걸상들이 이 구석 저 구석에 함부로 놓여 있는데 그 중에 보기에도 북데기 같은 다 찌그러진 걸상 한 개가 있었습니다.

효남이는 그거나 50전에 살 수 있을까 하고,

"이 걸상을 50전에 팔겠습니까?"

고 물었습니다. 주인은,

"그것은 아주 못쓰게 된 것이니까 50전에 팔지."

하고 얼른 내주었습니다.

효남이는 걸상을 가지고 가려니까 원래 무겁기도 하려니와 다리가 왼쪽 것을 주어 붙이면 오른쪽 것이 떨어지고 해서 죽을 애를 다 써서 겨우 집에까지 끌고 왔습니다. 집에 와서 보니 다리를 아무리 주어 붙여도 자꾸 떨어지곤 해서 도저히 사람이 앉을 것 같지 않았습니다. 어머니는,

"그것은 50전도 비싸다. 앉아 보지도 못할걸."하고 혀를 차시지요. 효남이는 겨우 네 발을 주어다 대고 끈으로 동여매 놓고 앉아 보았습니다. 잠깐 앉았더니,

"어머니! 저는 이것을 모아 붙이는 방법을 알아내었습니다."

고, 뛰어가서 곧 망치와 못을 가지고 와서 네 다리를 맞추어 놓았습니다.

그때 할아버지가 들어오시어서 잠깐 걸터앉으시더니,

"옳지, 옳지"

하고, 벌떡 일어나서 밖으로 나가시니 얼마 안 되어 돈을 한 주머니 갖고 들어오셔서,

"그 걸상에 깐 앉으니까 돈 생길 지혜가 저절로 나더라."

하고 벙글벙글 웃으시지요. 너무도 이상하니까 어머니도 잠깐 걸터앉아 보시더니,

"옳지 알았다. 알았다."

하시면서 일어나 나가시더니 이번에는 좋은 반찬거리를 사 가지

고 들어오셨습니다.

그 걸상에 앉았기만 하면 누구든지,

"단 50전짜리로도 이렇게 편한 걸상을 장만하였다."

라는 생각을 하게 되어 돈을 묘하게 쓸 줄 아는 꾀가 생기는 것이었습니다.

그래서 그 걸상의 덕으로 그 후는 더 버는 돈이 없건 만은 살림은 점점 너그러워졌습니다.

세숫물

옛날이었습니다. 서울. 어떤 여관에는 상투를 틀어 붙이고, 굵다란 짚신을 신은 시골뜨기 두 사람이 들었습니다. 한 번 보아, 이들은 궁벽한 산촌에서 온 사람인 줄을 여관 주인은 곧 알았습니다.

과연 이들은 밤이나 낮이나 산새 소리와 돌 틈으로 흘러가는 시냇물 소리만 듣고 자라난, 아주 산골내기였습니다. 이들은 서울이 좋다는 바람에, 에라 좋다는 서울이나 한 번 가 볼 테라고, 몇 달 동안 팔아 모은 나무 값을 죄다 긁어 가지고, 서울로 뛰어온 것이었습니다.

다음날 아침! 여관집 하인은 대야에 물을 떠서, 소금과 함께 두 상투쟁이 앞에 갖다 놓았습니다. 이것은 묻지 않아도 세수하라고 놓은 것이지요.

그런데, 이 두 사람은 미련하게도 이 물을 세숫물로 생각지 못하였습니다.

그리하여, 이들은 생각다 못해 마시기로 했습니다. 서울 사람은 아침엔 이런 것을 먹고 마는가 생각하여, 소금을 한 번 혀끝으로 찍어 먹고는 물을 한 모금 마시고 또 소금을 먹고는 물 마시고, 이리하여, 그들은 그 많은 물을 거의 다 마시고 말았습니다.

곁에서 이 꼴을 본 여관 주인과 하인들은 배를 움켜쥐고 깔깔대었습니다.

그러자, 조반상이 들어왔습니다. 그러나 두 상투꾼은 소금과 물로 배를 채웠기 때문에, 밥은 한 술도 먹지 못하고 도로 냈습니다. 그리고 그들은,

"에잇, 서울은 깍쟁이만 산다더니, 아침밥을 남기게 하느라고 밥보다 먼저 물을 먹이는구나."

"여보게, 어서 가세. 서울 구경이고 뭐고, 이런 데 있다간 사람 죽겠네."

하며, 그들은 골이 머리끝까지 나서, 여관 문을 나섰습니다. 서울을 원망하며 산골짜기 집을 향하여 걸음을 빨리 하였습니다. 길가에서 날이 저물게 되어, 다시 어떤 여관으로 들어갔습니다.

다음날 아침 세숫물을 떠다 놓는 여관집 하인을 보고, 두 사람은 다 같이 호령을 하는 것이었습니다.

"세상이 아무리 야박하기로 손님에게 맹물을 마시게 하다니, 그래 그런 법이 어디 있단 말이냐, 응?"

책망을 들은 하인은 어쩐 영문인지 몰라 어리둥절하였다가, 나중에 모든 것을 알고는 하도 어이가 없어,

"아, 여보, 손님, 그게 소금으로 이 닦고, 얼굴 씻으라는 물이라오. 하하, 우스운 사람도 다 보겠네."

이 말을 들은 두 사람은 얼굴도 들지 못하고, 다시 그 여관 문을 나섰습니다.

"여보게, 아, 그걸 몰랐구먼!"

“글쎄, 그렇겠지. 냉수를 먹으라고 하였겠나?”

그들은 산골길로 향하지 않고, 다시 돌아서서 서울로 향하여 걸었습니다.

이왕 구경 떠난 바이니, 구경을 하고 가려고…….

다시 서울 온 두 상투꾼은 어느 여관에 드나 망설이다가, 결국 전에 들었던 여관을 찾기로 하였습니다. 그것은 전에 잘 모르고 세숫물을 먹었던 것을, 이제 와서는 우리도 세숫물인 줄 안다는 것을 모든 사람에게 보여 주기위한 생각에서, 다시 그 여관을 찾았던 것이었습니다.

한가롭던 그 여관에는 ‘세숫물 마시던 사람이 또 왔다.’하여 갑자기 야단이 났습니다. 그리하여, 새벽부터 그 여관에는 너도 나도 세숫물 마시는 꼴을 구경하러, 근처 영감, 근처 할머니 다 잔뜩 모였습니다. 여관 주인은 하인에게 이르기를,

“손님에게 세숫물을 마시게 하여서야 되겠느냐? 오늘 아침에는 팥죽을 묽게 쑤어서 갖다 드려라.”

하인은 주인의 말과 같이 팥죽을 묽게 쑤어서 큰 그릇에 가뜩 담아, 손님의 방문 앞에 갖다 놓았습니다.

손님은 마침 어서 세숫물을 떠 오기만 하면, 얼굴을 씻으리라 고대하다가, 하인이 무엇을 놓고 가매 곧 문을 열고 나와, 저고리를 벗어젖히고, 손을 담그려다가 보니, 그것은 물이 아니라 맛있음직한 죽이었습니다.

여기서 두 사람은 고개를 기웃거립니다. ‘이것은 분명 죽인데, 먹으라고 떠 온 것일까? 세숫물일까? 먹을까? 얼굴을 씻을까? 아니

먹으면 또 잘못하는 것이 아닐까? 에라, 서울 사람은 죽으로도 세수하나 보다!' 하고, 결국그이들은 죽 그릇에 두 손을 담가 얼굴과 목과 머리에 그 죽을 비비대기 시작하였습니다. 이 꼴을 본 많은 사람들은, 참고 참았던 웃음이 일시에 터져'아하하' 하는 소리에 여관에 떠나가는 듯 하였습니다.

잘 먹은 값

한 나그네가 길을 가다가 날이 저물어서, 길가 집에 하룻밤 자고 가기를 청하였더니, 있는 사랑에 거절하지는 못하고, 들어앉게는 하나, 인사하는 투로 보거나 여러 가지가 친절하지 못하고, 거만스럽고 야릇한지라 대단히 불쾌한데, 한방에 먼저 와 앉은 손님은 이 집 주인의 새 사돈이라 하여, 그에게만 대접을 융숭하게 하므로 나그네가,

"이 주인 놈이 나중에 밥상을 층하를 지어, 저 사돈은 잘 먹이고, 나는 아무렇게나 먹일 눈치로구나!"

생각하고 있었습니다.

이윽고 주인이 안으로 들어가더니, 머슴을 시켜서 사돈의 밥상을 먼저 썩 잘 차려 내 보내므로, 나그네가 사돈보다 먼저 일어나면서,

"나는 먼 길 오느라고 시장하여서, 실례지만 먼저 먹습니다."

하고, 받아들고 앉아서 잘 먹습니다. 나중에 나오는 상은 나그네 상이라, 간장 하고 새우젓뿐인데, 사돈집에 와서 밥상 싸움을 할 수도 없어서, 그냥그것을 받아들고, 억지로 씹어 삼키고 앉았습니다.

주인이 나와 보니까, 상이 바뀌어서, 미운 나그네가 아주 맛있게

먹는지라, 사돈께 미안하고 남부끄러워 어쩔 수 없으나, 별안간에 새로 차릴 수도 없고, 나그네가 듣는데 상이 바뀌었다 할 수도 없고, 그냥 그냥 그 밤을 지냈습니다.

이튿날 아침에는 아무것도 안 차린 나그네 상을 먼저 내보내고, 잘 차린 사돈상은 나중에 내보내기로 하였습니다. 그러나 눈치 챈 나그네는 밥상을 받기 전에 사돈보고,

"엊저녁에는 정말 시장하여서 염치 불구하고 먹었거니와, 오늘은 영감께서 먼저 잡수시지요."

하고, 상을 자기가 받아다가 사돈의 앞에 놓았습니다.

사돈이,

"아니, 그 상은 내 상이 아니오."

할 수도 없고, 그냥 덤덤히 받아들고 앉아서 억지로 먹고 있는데, 정말 잘 차린 사돈상은 나중에 나그네가 받아들고 앉아서, 맛나게 먹었습니다.

주인이 나와서 그 꼴을 보고, 골이 어찌 나든지, 안에 들어가서,

"에이, 이놈의 집을 모두 헐어 버리고 말아야지. 부아가 나서 살 수가 있나?"

하고, 혼자 야단 야단하고 있었습니다.

잘 차린 상을 다 먹고 나서, 나그네가 머슴을 보고, 도끼를 잠깐 내어다달라고 조르니까, 주인이 나와서,

"도끼는 무엇하려고 그러느냐?"

하고, 물으니까,

"그렇게 잘 차린 밥을 두 끼나 얻어 먹고, 어찌 그냥 가겠습니까?

돈을 드릴 수는 없고, 주인댁 일이나 좀 해 드리고 갈밖에 없는데, 아까 들으니까, 이 집이 망한다고 모두 허물어 버리겠다. 하시는 말을 들었기에, 밥 먹은 값으로 기둥이라도 찍어 드리고 가려고 그럽니다." 하였습니다.

주인이 그만 잘못했노라고 손이 발이 되도록 비는 것을 보고,

"여보, 아무리 길 가다가 잠시 묵어가는 손이기로서니 그렇게 괄시를 한단 말이오."

하고, 준절히 꾸짖어 놓고 떠나갔습니다.

삼부자 곰 잡기

옛날 옛적 아주 오랜 옛날이야기올시다. 동산에 병풍을 치고 앞산 뒷산 담을 둘러서 불어오는 찬바람도 길이 막혀 돌아서고, 밝은 해와 달도 발 돋음을 하고서야 넘겨다보는 두메산골 한 동리에서 아버지 김 서방과 맏아들 영길이, 둘째 아들 수길이, 세 식구가 날마다 재미있게 살아가는 집이 있었습니다.

그런데 가난한 이 세 식구는 땅이 없어서 농사도 못 짓고, 밑천이 없어서 장사도 못하고, 오직 산짐승 사냥하여 겨우 그 날 그 날을 지내갔습니다.

사냥을 한다고 해도 총이나, 칼이나, 창 같은 것이 없어 맨주먹에 몽둥이 한 개씩을 들고 무슨 짐승이든지 만나는 대로 때려잡는 것이었습니다.

그래서 노루, 사슴, 토끼 같은 작은 짐승은 말할 것도 없고, 산돼지나 곰 같은 무서운 짐승이라도 만나기만 하면 영락없이 때려잡곤 하였습니다.

이렇게 말하니까, 여러분이 혹 수길이네 삼부자를 모두 기운이 무척 센 천하장사인 줄로 생각하시는지도 모르겠습니다마는 이 세 사람은 결코 장사도 아무것도 아니요, 그저 보통 사람이었습니다.

그러기 때문에, 그 동리 사람들은 모두 수길이 삼부자가 아무 무기도 없이 커다란 곰을 잡아 오는 것을 이상스럽게 여기었습니다.

"수길이네 삼부자가 총도 없이 어떻게 그 날쌔고, 무서운 곰을 잡는지 참신기한 노릇이야!"

"글쎄 한 번 따라가 보았으면 좋겠는데……."

"그러다가 산짐승이 달려들어 골통을 깨물면 어떻게 하나?"

동리 사람들은 모여 앉기만 하면 이런 말을 주고받았습니다. 그러나 모두 겁이 앞을 서서 따라가 보겠다고 나서는 사람은 없었습니다. 오직 그 동리에서 제일 기운이 세고 겁이 없는 칠성이가 한 번 따라가서 수길이 삼부자의 곰 잡는 양을 먼빛에서 구경하였을 뿐입니다.

수길이 삼부자가 몽둥이로 곰을 때려잡을 때는 끔직끔직하게 무섭고도 우스웠습니다.

삼부자가 몽둥이 한 개씩을 들고 줄렁줄렁 곰의 굴 앞으로 몰려가서는,"웅손아! 웅손아!"

하고, 소리를 지르면 황소 같이 커다란 곰이,

"어흥!"

소리를 치며 쏜살같이 달려 나옵니다.

그 때에 한 사람이 날쌔게 달려들어 곰의 골통을 몽둥이로 내리갈기면 곰은 골이 잔뜩 나서 앞발을 번쩍 들어 그 사람을 깔고 앉았습니다. 이대로 가만 내버려 두면 곰에게 깔린 사람은 할퀴어 죽을 것이지만 이 때에 다른 사람이 또 번개같이 달려들어 몽둥이로 골통을 갈기면, 곰은 먼저 깔고 앉아 할퀴려던 사람을 내버리고,

둘째 번에 달려든 사람을 깔고 앉습니다.

그러면 다른 사람이 또 달려들어 골통을 갈깁니다.

이렇게 번갈아서 불이 번쩍 나도록 달려들어 내리갈기고, 깔리우고, 내리갈기고, 깔리우고 하는 동안에 깔렸던 사람이 또 일어나서 내리갈기고……, 이와 같이 한참 동안 싸우면 곰은 골통이 빠개져서 피를 흘리고 죽어 넘어집니다.

이야기로 해서는 대단히 쉬워 보이지만, 수길이 삼부자가 곰 한 마리를 잡기 위해서 목숨을 내던져 한바탕 싸울 때에는 그야말로 눈코 뜰 사이가 없이 나쁘게 덤비는 것입니다. 까딱 잘못하면 먼저 들어가 깔리운 사람의 목숨이 끊어질 터이니, 어찌 아슬아슬한 노릇이 아니겠습니까. 생각만하여도 온몸에 소름이 쭉 끼치고 두 손에 찬 땀이 꼭 쥐어집니다.

이 모양으로 곰을 잡아다 팔곤 해서, 처음에는 더할 수 없이 구차하던 수길이의 집 살림이 점점 넉넉하여지는 것을 보고 제일 먼저 부러워하고 욕심을 낸 사람은 칠성이었습니다. 그리고는, '나도 한 번 곰 사냥을 하여 보고야 말리라.' 고 속으로 부르짖으며 주먹을 불끈 쥐었습니다.

어떤 때, 수길이의 형님이 가 볼 일이 있어서 어디를 갔으므로, 수길이와 그 아버지도 할 수 없이 며칠 동안을 놀고 있었습니다. 이 때에 칠성이가 달려와서,

"요사이는 어찌해서 곰 사냥을 하지 않습니까?"

하고 수길이 아버지에게 물었습니다.

"영길이가 어디를 가서……."

수길이 아버지는 이렇게 대답했습니다.

" 그러면 저하고 같이 가시지요! 이 주먹으로 내려 갈기면 그까짓 곰 한마리쯤이야 단 한 번에 죽어 넘어지지요."

칠성이는 이렇게 말하며 무섭게 커다란 주먹을 불끈 쥐어 보였습니다.

"안 돼! — ! 아무리 기운이 세더라도 곰만큼 기운이 세지 못할 것은 사실인데, 그 기운을 믿어 가지고는 안 돼."

수길이 아버지는 머리를 절레절레 흔들면서 이렇게 대답했습니다.

칠성이는 그래도 가만히 있지 않고,

"어째서 안 됩니까? 제가 영길이 만큼 사냥을 못하리라는 말씀입니까?"고, 대어들어 물으니까, 수길이 아버지는,

"사냥이야 잘 하든지 못하든지, 이 노릇은 삼부자가 해야 되는 것이지, 남과 같이 하지는 못 하는 것이야! 꼭 삼부자라야 돼!"

하고, 대답하였습니다. 칠성이는 아직도 알아듣지 못하고,

"왜요? 삼부자가 아니면 곰이 때려도 죽지 않습니까?" 또 물었습니다.

"아니 딴 사람이 때린다고 곰이 죽지 않을 리야 없지! 때리기만 하면물론 마찬가지지! 그렇지만 우리가 하는 사냥은 목숨을 내놓고 죽기 살기를 함께 하기로 하고 달려들지 않으면 안 되는 것이야! 친부자간이나 형제간에서는 아무리 내 몸이 위급하더라도 나 하나만 살 생각을 두지 않고, 죽어도 같이 죽고 살아도 같이 살기로 자꾸 달려드니까 나중에는 곰을 잡지만 다른 사람이야 어디 그런가? 그래서 안 된다는 것이야! 이제는 알아들었나?"

수길이 아버지는 이렇게 말하며 칠성이의 얼굴을 들여다보았습니다.

가만히 앉아서 이야기를 듣고 있던 칠성이는,

"네! 알아들었습니다. 그렇지만 저는 결단코 내 몸이 급하다고 먼저도망을 하지는 않겠습니다. 꼭 친부자간, 친형제간 같이 마지막까지 싸우지요! 제가 이 전에 한 번 가만가만 따라가서 먼빛에서 곰 잡으시는 것을 보았습니다. 저도 꼭 영길이와 같이 하지요. 어서 같이 갑시다."

하며, 당장 손목을 끌듯이 서둘렀습니다. 수길이 아버지는 빙그레 웃으면서,

"정말 그렇다고 하면 가지! 그런데 앉아서 생각하고 말하기와 실지와는 딴판이야!"

"네! 염려 마십시오!"

칠성이는 결심한 듯이 부르짖었습니다.

이리하여 세 사람은, 산으로 올라가서 어떤 커다란 곰의 굴 앞까지 갔습니다. 가서는 전과 같이,

"웅손아! 웅손아!"

소리를 지르니까, 송아지 같은 곰 한 마리가 달려 나왔습니다. 칠성이가 남보다 먼저 달려들어 몽둥이로 곰의 골통을 갈기니까, 곰은 조그만 눈을 흡뜨고 달려들어 칠성이를 깔고 앉았습니다. 이 때에 수길이 아버지가 달려들어 골통을 내려 갈기니까, 곰은 칠성이를 놓고 수길이 아버지를 깔고 앉습니다.

또 수길이가 달려들었지요.

그런데 칠성이가, 두 번을 배 밑에 깔리고 나니까, 어떻게 급하던지 그야말로 온몸이 송편처럼 납죽하여지는 것 같았습니다. 그래서

처음 떠나올 때에 먹은 마음은 다 어디 가고, 죽을까 보아 겁이 앞을 서서 다시는 달려들어 싸우지 못하고 한편 모퉁이에 피하여 서서 치를 덜덜 떨며 수길이 부자가 싸우는 양을 보기만 하였습니다.

수길이와 그 아버지는 칠성이가 빠져 나갔는지 않았는지 생각할 여지없이, 불이 번쩍 일도록 달려들어 내려 패고 갈기었다가는 일어나서 내려 패고, 내려 패고는 또 깔리고 하며 얼마 동안 싸워서, 그 곰을 때려죽였습니다.

온몸이 땀으로 목욕을 하다시피 된 수길이 아버지는 숨이 턱에 닿아서,

"이번에도 죽이기는 죽였다마는 어째서 차례가 이다지 잦으냐."

하며, 수길이를 돌아보았습니다.

"글쎄요. 오늘은 전보다 더 급한걸요!"

하였습니다.

여러분은 누구든지 칠성이의 행동을 더럽게 여기시리다.

그러나 오늘날 세상의 말로는,

"힘을 합치자! 한 몸이 되자!"

하고, 떠들지만 정작 곰 배 밑에 깔리는 것 같은 위급한 경우를 당하면 슬그머니 빠져 나와서 모르는 척하는 사람이 얼마나 많습니까? 그와 반대로만일 수길이의 삼부자처럼 아무리 위급한 경우를 당하더라도 처음에 먹은 마음이 변치 않고 끝까지 싸우는 사람이 단 천 명, 백 명 아닌 단 열 명, 단 세 명만 엉키면 천하에 무서운 것과, 못 할 일이 없을 것입니다.

곰도 잡고, 호랑이도 잡지요.

여러분! 우리는 다 같이 수길이 삼부자처럼 한 몸이 됩시다. 그리고 속담에,

"삼부자 곰 잡듯 한다."

는 말이 있는데, 그 말의 뜻도 이 이야기를 읽으셨으니까 잘 아셨을 것입니다.

방정환

-

추가 발굴

-

동화

-

돈벼락

1

연극 잘하는 배우 김예호라는 사람이 있었습니다.

그는 연극 중에도 여편네 역을 잘하는 고로 여편네 머리 탈을 쓰고 분을 바르고 여편네 옷을 입으면 정말 어여쁜 여편네인줄 속지 않는 사람이 없었습니다.

어느 해 더운 여름에, 이 시골 저 시골로 돈벌이를 하러 다니다가 장마를 당해 돈은 못 벌고 고생 고생하던 끝에 혼자 떨어져서 깊은 산골 속에 사는 자기의 친척집을 찾아가게 되었습니다.

한 번도 가보지 못한 깊은 산길로 혼자 타박타박 걸어가노라니 다리는 아프고 배는 고픈데 갈 길이 백 리나 남았건만 산 속에서 해가 저물어 어두워지기 시작 했습니다. 낮에도 혼자 다니기 무서운 산 속이라 밤이 되니까 어떻게나 캄캄하고 겁이 나는지, 귀신이라도 덤빌 것 같아서 가슴이 두근두근 하고 걸음이 잘 걸리지 않았습니다. 떨리는 걸음으로 타박타박 머고개라는 고개를 기어올라가니까, 희한한 일이지요. 그 깊은 밤중에 고개 위 오른편에 조그만 동굴[洞穴]이 있고 그 굴속에 하얗게 늙은 노인이 혼자 앉아 있습니다.

무섭고 겁나던 판이라 다른 아무 생각 할 틈도 없이 그저 반갑기만 해서 가깝게 가서

"누구신지 모르나 잠깐 여쭤 볼 것이 있습니다."

"당신은 누구요?"

"네- 저는 강원도 산골에 사는 김예호 올시다."

김예호란 말을 검은 여우란 말로 듣고

"응? 강원도 산골에 사는 검은 여우야? 하하, 여우는 사람으로 변하기를 잘한다더니 자네는 정말 사람같이 잘도 변했네그려. 꼭 속겠는걸."

아주 여우인줄 압니다.

"이렇게 저렇게 탈을 쓰고 변하는 것이 제 직업이니까요. 여편네 노릇도 하고 어린아이 노릇도 합니다."

"암 그렇겠지. 이 깊은 산 속에서 무엇이든지 얻어먹으려면 무슨 탈을 쓰든지 자꾸 변해야지. 어디 지금 나 보는 데서 여편네로 변해보게."

"네- 아주 쉽습니다. 금방 여편네 탈을 쓰지요."

하고 김예호는 돌아앉아서 들고 온 보퉁이를 끄르고 분을 바르고 머리 탈을 쓰고 여편네 옷을 입었습니다.

어두운 데서 금방 차렸건만 아주 새색시같이 어여쁩니다.

2

"하하- 참말 용하이. 꼭 속겠네. 나보다 몇 갑절 재주가 좋은걸. 이제야 자네에게 말하지. 나는 실상은 이 산 속에 사는 백년 묵은

대사(大蛇)라네. 사람을 잡아먹으려고 이렇게 날마다 사람 탈을 쓰지만 밤낮 늙은 사람으로밖에는 못 변한다네."

"네? 당신이 뱀이에요? 제, 제 제발, 그저 목숨만 살려주십시오. 그저 목숨만 살려주십시오."

달아나지도 못하고 김예호는 애걸복걸했습니다.

"살려주지. 살려주지 말고. 내가 언제
여우를 잡아먹는다던가. 그런데 자네는
무엇으로든지 마음대로 잘 변하니까 이
세상에 무서운 것은 없겠네그려."

"무서운 것이야 있고 말구요. 무섭다
무섭다 해도 저는 이 세상에서 제일 무서운
것이 돈인 줄 압니다."

"돈? 그까짓 것이 무에 무섭단 말인가."

"무섭고 말구요. 참말 무섭습니다. 백 원짜리 십 원짜리는 물론이고 십 전짜리 오 전짜리라도 돈이라면 그것같이 무서운 것은 없습니다. 당신은 제일 무서운 것이 무엇입니까?"

"내가 제일 무서운 것은 꼭 한 가지가 있지. 그러나 이것은 결단코 입 밖에 내서는 안 되네. 꼭 자네 혼자만 알고 있게."

"네!"

"실상은 내게는 담뱃진이 제일 무서운 것이라네. 그 끈적끈적한 담뱃진이 내 몸에 닿기만 하면 그만 내 몸이 썩네그려. 그러나 이 말을 사람 놈들이 알기만 하면 큰일 나네."

"네. 염려 마십시오. 자아, 저는 가겠습니다."

"오늘은 내게서 자고 가게 그려. 사람 잡아먹는 이야기나 서로 하고."
"아니에요. 길이 급합니다."
"그럼 잘 가게. 또 들르게."
"네- 안녕히 계십시오."
이제야 살아났구나! 하고 김예호는 전신에 비같이 흐르는 땀을 씻으면서 급한 걸음으로 고개를 넘어 내려가려니까 저 편 저 멀리 불 하나가 반짝반짝 합니다.
그만 저승에서 사람의 집을 만난 것처럼 반가워서 달음질치듯 해서 그곳에 가보니 과연 사람의 집이었습니다. 대문을 두드리니까 한참만에야 주인이 나왔습니다.
"길가는 사람인데 잘 곳이 없으니 하룻밤 재워주세요."
"재워드릴 방이 없습니다. 그런데 당신은 어느 길로 오셨습니까?"

3

"저 고개에서 내려왔습니다."
주인이 눈이 둥그레져서
"뭐요? 저 머고개에서 왔단 말입니까?"
"네- 그리로 왔습니다."
"아-니, 당신 정말입니까? 그 고개 위에는 백년 묵은 큰 뱀이 있어서 오고가는 사람을 잡아먹는 고로 낮에도 사람이 못 지나는 곳인데요."
"네- 거기에 뱀이 지금도 있습니다. 내가 지금 그 뱀을 보고 온 길이에요."

"아-니, 이 양반이 정말 사람인가, 뭔가."

"내가 정말 그 뱀을 만나서 여러 가지 이야기를 했지요. 그 뱀이 제일 무서워하는 물건까지 알고 왔어요. 나를 하룻밤만 재워주면 그 뱀이 무서워하는 물건을 알려드리지요."

"그러면 고맙지요. 꼭 가르쳐주시오. 자 더럽지만 방으로 들어가십시다."

들어가서 저녁밥과 술까지 배불리 먹었습니다.

"그래, 그놈이 제일 무서워하는 것이 뭐랍디까?"

"담뱃진이래요. 담뱃대 속에 있는 끈적끈적한

진- 말이에요. 그놈의 몸에 닿기만 하면 몸이 썩는대요."

"그까짓 담뱃진이라면 얼마든지 있지요."

하고 그날 날이 밝기 전부터 주인은 온 동리를 돌아다니면서 집집에 그 소문을 퍼뜨리고 담뱃대란 담뱃대는 모두 쑤셔서 굉장히 많은 진을 모았습니다. 그걸 기다란 작대기 끝에 묻혀 가지고 젊은 사람들은 모두 모여서 고개에 올라가 뱀이 있는 굴속에 쑥- 들이 찔렀습니다.

그러니 대사란 놈이 큰일이 나지 않았습니까. '이것은 필시 강원도에 사는 검은 여우란 놈이 동리 사람에게 알려준 모양이라'고 이를 악물고 분해하면서 그만 어디로인지 도망해버렸습니다.

그 후로는 동리사람들이 마음 놓고 지나다니게 되었습니다. 동리사람들은 감사해서 잔치를 베풀어 김예호를 대접하고 돈까지 모아주었습니다. 그래 김예호는 그 돈을 가지고 강원도 자기 고향에 돌아와서 걱정 없이 지내게 되었습니다.

그런데 그 머고개에서 쫓겨 도망한 뱀이 이를 악물고 원수를 갚으려고 앙앙히 지내던 터에 3년이 지난 때에 비로소 강원도에서 김예호가 살고 있는 집을 찾았습니다. 그래 여전히 하얀 늙은이로 변해 가지고 그 집을 찾아갔습니다.

주인 김예호가 나와 보니까 큰일 났습니다. 분명히 3년 전에 머고개에 있던 뱀 늙은이입니다. 몹시 겁이 나서 가슴이 두근두근하면서

4

"어떻게 이렇게 먼 곳을 찾아오셨습니까. 어서 마루로 올라오십시오."

그러나 노인은 올라오지도 않고 눈만 무섭게 부릅뜨고 큰소리로 "이놈, 여우야!"

"네- 그저 잘못했습니다. 목숨만 살려주십시오."

"안 된다. 네가 이놈, 내가 무서워하는 것을 사람들에게 알려주어서 나를 쫓겨나게 했으니까 나도 오늘 네가 무서워하는 것을 잔뜩 가지고 왔으니 좀 죽어봐라."

하고 두 손을 꺼내들더니 십 원짜리

백 원짜리 은전 금전을 돌멩이 던지듯

수없이 마루 위에다 던져놓고

"이놈아, 어떠냐. 꽤 무섭지?"

하고 돌아갔습니다.

우유 배달부

1

함박 같은 눈이 한없이 쏟아진다. 산 위에도 쏟아지고 길 위에도 들 위에도 쏟아진다. 한곳도 남기지 아니하고 한결같이 고르게 소리 없이 내려앉는다. 시작한 지가 오래되었는지 벌써 쌓인 눈이 적지 아니하다.

날은 밝을 때가 아직도 멀었다. 사람 자는 사이에 힘껏 쏟아지려는 듯이 끊일 사이 없이 펄펄 쏟아진다. 세상은 죽은 듯이 고요하나 다만 쏟아지는 눈이 홀로 살아 있는 듯하다. 쏟아지는 세력이 점점 더해지는데 넓은 길 위에는 사람은커녕 눈 위로 뛰어 다니는 개 한 마리 보이지 않는다.

고학생 오기영(吳基泳)은 전일과 같이 우유가방을 등에 메고 목장의 대문을 나서니 시계바늘은 이제야 4시30분을 가리킨다. 쏟아진다. 눈 밑에 우중충하게 서 있는 목장을 등지고 아직도 꿈속에 들어 있는 시중으로 향해가며 '속히 우유를 배달하고 시간 전에 학교를 가야겠다'고 생각하며 터벅터벅 눈 위로 걸어간다.

비단결같이 곱게 쌓인 눈 위에는 그의 발자국이 그가 가는 곳을 걸음걸음이 좇아간다. 쏟아지는 눈 사이로 길가에 늘어 서 있는 상점의 이마에 달린 전등 불빛이 떠는 듯 끔벅거려 보인다. 쏟아지는 눈이 어느 틈에 그가 쓴 해진 방한모를 하얗게 만들었다. 다 찢어진 검은 양복도 뒤로 반분(半分)은 흰빛으로 변했다. 그의 몸은 바싹 움츠러졌다.

발은 얼고 또 얼어서 달렸는지 안 달렸는지를 모를 지경이다. 한 손으로는 우유가방 끈을 쥐고 한 손으로는 빨갛게 언 코를 쥐고 가느라고 고로(苦勞)가 대단하다.

밤에는 목장 한구석의 불도 때지 못하는 방 속의 차디찬 다다미 위에서 벌벌 떨고 새벽에는 4시도 못되어 일어나서 우유를 배달하느라고 그 이상의 고통을 받는다.

그는 여전히 눈 위로 터벅터벅 걸어가며

"아아, 눈이나 오지를 말았으면 좋겠구먼. 눈까지 나를 괴롭게 하는가. 아아 세상도 무정도 하다."

하고 한숨을 길게 쉬더니 다시 힘 있는 어조로

"눈이여. 쏟아져라. 많이많이 쏟아져서 나의 인내심과 분투심을 더욱 두텁게 해라. 쏟아져라! 많이 한없이. 쏟아져서 세상의 무용자(無用者)를 없이하고 간악한 인물을 없이하여 이 사회를 한결같이 명백케 해라.“

2

그리고 영구히 은세계 광명세계를 이루게 해라. 아아 쏟아지는 눈이여. 너도 또한 나의 몸을 연마함에 무이(無二)한 양우(良友)요 유일한 침핍이로다. 어서 오너라. 나의 벗이여. 어서 쏟아져라. 나의

침이여."

하면서 그는 행인 없는 적적한 길로 쏟아지는 눈을 벗 삼아 맞아 가면서 터벅터벅 걸어간다. 길 위에는 이제야 행인이 한두 사람 생겼다. 오시는 눈을 반기듯이 이리저리 뛰어 다니는 개도 있다. 행인은 점점 많아진다. 간간이

"모주 잡수러-"

하는 느린 소리도 들린다. 한편에서는 가게를 열기에 분망하고 한편에서는 눈이 여전히 쏟아지는데도 쌓인 눈을 쓸기에 분망하다. 철로는 보이지 않는데 전차는 이상한 소리를 내며 와서는 겨우 두 사람을 토하고는 도로 간다.

오(吳)가 정한 곳에 우유를 다 배달하니 때는 벌써 일곱 시가 지났다. 목장을 향하고 올 때에 저편에서 망토에 몸을 감고 뚜벅뚜벅 걸어오는 이는 분명히 자기 학교의 교장이다.

오가 '내 모양이 이러하니까 선생님께서 나를 몰라보실 텐데 예를 할까 그만둘까' 하고 생각할 사이에 겨우 4,5척(尺)을 뜨이고 서로 마주쳤다.

그는 눈이 듬뿍 쌓인 방한모를 벗고 머리를 굽혀 예(禮)하였다.

"누구인가."

하는 교장의 묻는 말에

"오기영이올시다."

하고 서슴지 않고 대답했다.

"응, 오기영이야? 나는 아주 몰랐는걸. 그래 어쩐 복장이 이러한가?"

하고 묻는 말에 그의 고개는 자꾸 수그러지며 대답은 아니 나온다.

"그래, 어디를 다녀오나?"

"우유를 배달하고 옵니다."

그의 목소리가 점점 작아진다.

"날마다?"

"네-"

교장은 다시 할 말을 알지 못하는지

한참 묵묵히 섰더니

"어서 가지."했다.

기영은 다시 고개를 숙여 예하고 목장으로 갔다. 아궁이 앞에서 몸을 녹이고 맛없는 조반을 마치고 금단추 번쩍거리는 정복, 흰 테 두른 모자, 튼튼한 각반으로 몸을 장속(裝束)하고 학교에 가서 동무들 틈에 섞여서 수업한다.

3

점심시간에 기영이가 교장실로 불려갔다.

"전일에는 직원 일동이 너를 학력이 우수하고 품행이 방정한 모범적 학생이라고만 생각했더니 오늘 아침에 너의 상세한 일을 알고 깊이깊이 탄복하는 동시에 깊이 동정을 하는 터이다.

오기영? 어떠냐, 나의 집에 와 있으면 응? 무엇? 그렇게 할 말이 아니다. 내가 너 같은 사람을 데리고 함께 있고자 하는 것이다."

"대단히 고마운 말씀이외다. 감사합니다. 그러나 저에게는 결코 남의 힘을 빌리지 않겠다는 결심이 있습니다. 그렇게 결심한 후부터는 남에 집에서 먹는 진수성찬이 제가 벌어먹는 찬밥에 식은 된장찌개 한 그릇만 못하니까요."

〈끝〉